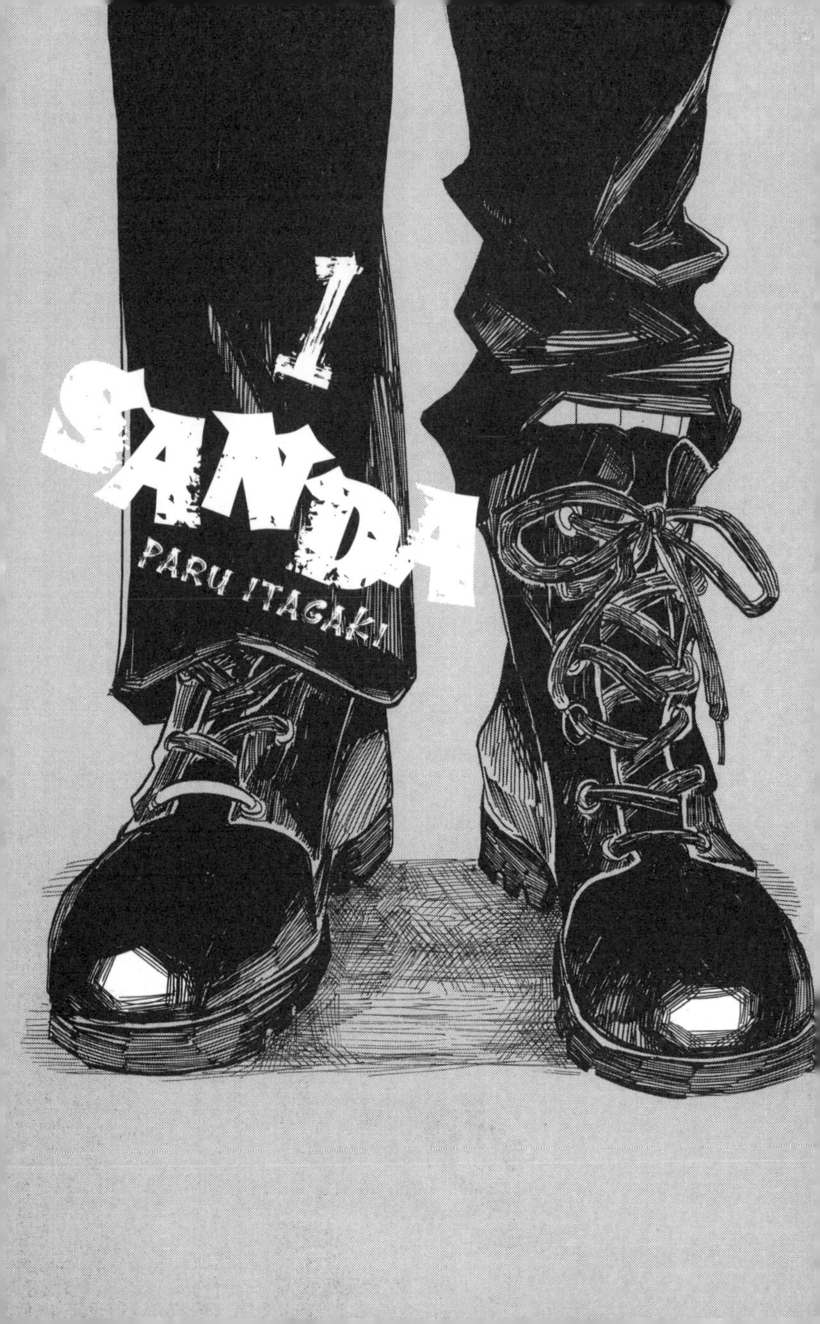
1
SANDA
PARU ITAGAKI

SANDA

JE NE PENSAIS PAS QUE LES FESSES D'UNE FILLE ÉTAIENT AUSSI FROIDES...
MAIS BON, CE N'EST PAS LE MOMENT DE PENSER À ÇA !

CHAPITRE 1 : Tout m'éblouit… Alors c'est ça, vieillir ?

TCHAC
AAAH !
C...
CALME-TOI, FUYUMURA ! QU'EST-CE QUI TE PREND TOUT À COUP ?!
AAH !
SÉRIEUX, TU ME FAIS PEUR !

KAZU-SHIGE...
SANDA...
JE PIGE PAS TOUT, LÀ... IL Y A DEUX MINUTES, TOUT ALLAIT BIEN...
POUR-QUOI TU DIS MON NOM SUR CE TON ?! J... J'AI FAIT UN TRUC ?!
ON EST ARRIVÉS SUPER TÔT TOUS LES DEUX...
PUIS ON S'EST CON-CENTRÉS SUR LE NETTOYAGE DU CADRE DES FENÊTRES, POUR QU'ELLES COULISSENT MIEUX !
BREF, ON EST LES PARFAITS DÉLÉGUÉS DE CLASSE !

ガッ
CLAC
AH OUAIS, ÇA COULISSE MAL...
AAAH ! T'ES EN COLÈRE PARCE QUE JE N'AI PAS BIEN NETTOYÉ, C'EST ÇA ?!
ATTENDS ! ATTENDS !

J'AI DÉJÀ RÊVÉ D'ÊTRE POURSUIVI ET IMMOBILISÉ PAR UNE FILLE, MAIS...
PAS DE CETTE FAÇON ! JE NE COMPRENDS RIEN À CE QUI M'ARRIVE !
JE LUI AI FAIT QUOI, À FUYU-MURA ?!
!

BONJOUR ! MAIS C'EST QU'ILS SONT MATINAUX, NOS DÉLÉGUÉS !
SALUT...
AH ! SALUT ...
ÇA CAILLE, AUJOURD'HUI ! IL PARAÎT QU'IL VA MÊME NEIGER EN FIN DE JOURNÉE...
AH OUAIS ?
SI JE CRIE... ELLE ME PLANTE ?
PSST
JE T'AURAI AVANT CE SOIR...
EN TOUT CAS, C'EST CE QUE DIT LA MÉTÉO... TOUT LE MONDE EST À FOND, ON NE SE CROIRAIT PAS DANS UNE CLASSE DE 4e !

AT-
TENDS
...
SI ÇA SE
TROUVE...

FUYUMURA...
EST AMOUREUSE DE MOI ?
DEPUIS HUIT MOIS QU'ON EST DÉLÉGUÉS, JE NE LUI AI JAMAIS VU QU'UNE SEULE ET MÊME EXPRESSION, MAIS BON... ÇA RESTE UNE FILLE !
À NOTRE ÂGE, ON EST SOUVENT BLESSANT SANS LE VOULOIR...
(MÊME SI SORTIR UN COUTEAU, C'EST ABUSER !)

OUI, ÇA NE PEUT ÊTRE QUE ÇA...
SI ON TRADUIT, "JE T'AURAI AVANT CE SOIR"...
ÇA DONNE "TU SERAS À MOI AVANT CE SOIR"... JE T'AI PERCÉE À JOUR, FUYUMURA !
UNE FILLE A FLASHÉ SUR MOI... J'Y CROIS PAS...
C'EST LE PLUS BEAU JOUR DE MES 14 ANNÉES DE VIE !

SANDA...
TA BÊTISE TE TUERA AVANT QUE LA VIEILLESSE NE T'EMPORTE !
HEIN ?
FUYUMURA T'A MENACÉ AVEC UN COUTEAU... TU NE VOIS PAS QU'ELLE EST COMPLÈTEMENT TARÉE ?! C'EST PAS POSSIBLE D'ÊTRE AUSSI PAUMÉ !
IL VAUT MIEUX EN PARLER AU PROF ...
NON, ARRÊTE ! NE PRIVE PAS FUYUMURA DE CETTE OCCASION ! ELLE EST TIMIDE !
TU TE RENDS COMPTE DE CE QU'ELLE VIT EN CE MOMENT ?
DEPUIS QU'ONO EST MORTE, FUYUMURA EST À BOUT...
MOGI
SANDA

AH OUI, C'EST VRAI QU'ELLES ÉTAIENT AMIES... ATTENDS, ÇA FAIT DÉJÀ UNE SEMAINE QU'ONO EST CONSIDÉRÉE COMME MORTE ?
OUAIS... ET ELLES ÉTAIENT IN-SÉPARABLES, TOUTES LES DEUX...
RAISON DE PLUS...
POUR ÉCOUTER CE QUE CETTE FILLE A À ME DIRE...
OK, D'ACCORD... MAIS ÉVITE QUAND MÊME DE TE RE-TROUVER SEUL AVEC ELLE...
C'EST GENTIL DE T'INQUIÉTER POUR MOI !
Je suis super contente de commencer une nouvelle série ! Par contre, dessiner les humains, c'est dur...
DÉSOLÉ DE T'EMBÊTER AVEC MES HISTOIRES D'AMOUR...
PAS LA PEINE DE T'EXCUSER, C'EST TOUT SAUF ÇA...

QU'EST-CE QUE ÇA CAILLE !!
IL FAIT CARRÉMENT TROP FROID POUR UN MOIS DE DÉCEMBRE ! ON SE CROIRAIT EN AOÛT… LE CLIMAT EST COMPLÈTEMENT DÉRÉGLÉ !
ÉDUCATION ZÉRO TRAUMA
IL PARAÎT QU'AVANT, CES TEMPÉRATURES ÉTAIENT NORMALES POUR LA SAISON… PAS ÉTONNANT QUE NOËL AIT DISPARU, ÇA NE DONNE PAS ENVIE DE FAIRE LA FÊTE !
“NOËL” ? C'EST QUOI, ÇA ?
SANDA

AUJOURD'HUI, ON EST LE 25 DÉCEMBRE... ET IL Y A SUPER LONG-TEMPS, À CETTE DATE, LES EN-FANTS RECEVAIENT DES CADEAUX D'UN VIEUX TYPE QU'ON APPELAIT "LE PÈRE NOËL" OU "SANTA CLAUS"...
UN GROS MEC AVEC UNE BARBE BLANCHE...
JAMAIS EN-TENDU PARLER ...
MAIS ÇA A L'AIR FLIPPANT ...
TU ES SÛR DE NE PAS VOULOIR METTRE UN SWEAT, SANDA ?
OUI, LE FROID NE ME DÉRANGE PAS !
?!
BOBOM

WAOUH ! LA MÉTÉO AVAIT RAISON !
DE LA NEIGE EN DÉCEMBRE ?! ON A VOYAGÉ DANS LE TEMPS OU QUOI ?!
ÇA ALORS !
C'EST VRAIMENT DE LA NEIGE... QU'EST-CE QU'ON VA AVOIR APRÈS ÇA ? UNE PLUIE DE GRENOUILLES ?
QU'EST-CE QUI T'ARRIVE, SANDA ?!
J... JE SAIS PAS ! C'EST MON CŒUR QUI...
PRENDS MON SWEAT, ÇA SE VOIT QUE TU ES GELÉ...
JE TE DIS QUE ÇA VA !
C'EST QUOI, CETTE SENSATION ?!
J'AI L'IMPRESSION QUE MON CŒUR A GONFLÉ D'UN COUP !
ÇA FAIT MAL...

JE CROIS...
QUE JE N'AVAIS ENCORE JAMAIS CONNU L'AMOUR...
MERDE, MA POITRINE ME FAIT TROP MAL !
MON CŒUR PALPITE COMME S'IL ALLAIT EXPLOSER...
CETTE FOIS C'EST SÛR...

C'EST LE DESTIN...
QUI A MIS FUYUMURA SUR MON CHEMIN !
VAS-Y... JE SUIS PRÊT !
J'AI OUBLIÉ MA GOMME...
AH... EUH... PAS DE PRO-BLÈME !!
ATTENDS DEUX SE-CONDES...

MERCI D'ÊTRE VENU À LA RÉUNION DES DÉLÉGUÉS ALORS QUE TU NE TE SENTAIS PAS BIEN...
C'EST NORMAL ...
JE NE SUIS PAS LE GENRE D'HOMME À FUIR SES RESPONSA-BILITÉS...
AU FAIT, TU AS RANGÉ TON COUTEAU ?
POURQUOI TU ES SI GENTIL AVEC MOI ALORS QUE JE T'AI MENACÉ...
SANDA ?
EUH...

C'EST PARCE QUE TU ES UN DESCENDANT DU PÈRE NOËL ?

J'AI RE-MARQUÉ QUE TU REFUSAIS OBSTINÉMENT DE PORTER LE SURVÊTEMENT ROUGE DE L'ÉCOLE...
TU AS DONC SI PEUR QU'ON DÉCOUVRE QUI TU ES VRAIMENT ?

HEIN ? MAIS DE QUOI TU PARLES ?
TA GOMME, VITE...
AH...
OUI...
PLOC
ポト
BOBOM
?!
PARFAIT...
LES CONDITIONS POUR TE DÉLIVRER DE TA MALÉDICTION SONT PRESQUE TOUTES RÉUNIES...
UN 25 DÉCEMBRE OÙ LA NEIGE TOMBE...
TU DEVAIS RÉALISER DEUX ACTIONS...
RISQUER TA VIE POUR APPORTER DE L'AMOUR À UN ENFANT...
ET LUI OFFRIR CE QU'IL DEMANDAIT...

OPÉRATION RÉUSSIE...
POUR INFO, C'EST MOI QUI AI JOUÉ LE RÔLE DE L'ENFANT...
A... ATTENDS !
LES PALPITATIONS SOUDAINES ET LES MAUX DE TÊTE, TOUT LE MONDE EN A DE TEMPS EN TEMPS...
ILS SONT EN RÉALITÉ LE SIGNE QUE NOTRE VÉRITABLE POTENTIEL EST PRÊT À SE DÉPLOYER...
MAIS GÉNÉRALEMENT, LES CONDITIONS PRÉALABLES NE SONT PAS REMPLIES, ET LA PLUPART DES GENS CROIENT JUSTE ÊTRE MALADES !

LA DERNIÈRE CHOSE QUE TU DOIS FAIRE POUR ÊTRE DÉLIVRÉ...
FLAP
C'EST PORTER UN VÊTEMENT ROUGE !
QUOI ?
QU'EST-CE QUE TU RACONTES DEPUIS TOUT À L'HEURE ?!
ÇA SUFFIT, FUYUMURA !

C'EST QUOI, CE DÉLIRE AVEC LES ENFANTS ?
C'EST COMME ÇA QUE TU REMERCIES LES GENS QUI ESSAIENT D'ÊTRE GENTILS AVEC TOI ?!
JE LE CONNAIS PAS, TON PÈRE NOËL, MOI ! CE N'EST QU'UNE VIEILLE LÉGENDE ! UN CONTE DE FÉES ! DE LA FANTASY !
TOUT CE QUE J'AI FAIT, JE L'AI FAIT PARCE QUE JE TIENS À TOI !
POUR TOUT DIRE, J'AVAIS MÊME DÉCIDÉ DE TE FAIRE MA DÉCLARATION ! MAIS TU AS TOUT FOUTU EN L'AIR ! IDIOTE !
RENDS-MOI MON CŒUR !

TU TE TROMPES... TOUTES TES ACTIONS SONT DICTÉES...
PAR TON INSTINCT DE PÈRE NOËL !
FLAP
É...
ÉCOUTE-MOI, BON SANG !!
METS D'ABORD CE SWEAT...
ON DISCUTERA APRÈS...
NON MERCI ! JE DÉTESTE LE ROUGE !

ARRÊTE !!
FUYUMURA !!
EXPLIQUE-MOI !!
POURQUOI CE PÈRE NOËL T'OBSÈDE À CE POINT ?!
TU NE ME LAISSES PAS LE CHOIX...
FRSH
パサ…
JE VAIS DEVOIR UTILISER LA MANIÈRE FORTE...
QU...

ドスッ
TCHAC
METS UN HABIT ROUGE...
SANDA ...
FUIT

NON...
T... T'ÉTAIS SÉRIEUSE ...
FUYUMURA ...
POUR-QUOI ?

ÇA DOIT ÊTRE TERRIFIANT DE CREVER SEUL, SANS QUE PERSONNE S'EN APERÇOIVE...

黒
ACADÉMIE DAIKOKU AIGO

ONO N'EST PAS MORTE...
C'EST JUSTE UNE CONVENTION DE DIRE QU'ELLE L'EST PARCE QU'ELLE A DISPARU DEPUIS LONGTEMPS...
IL N'Y A AUCUNE RAISON POUR QU'UNE FILLE QUI PASSAIT SON TEMPS À LIRE DANS SA CHAMBRE...
AIT ÉTÉ TUÉE HORS DE L'ÉCOLE !
SHIORI FUYUMURA... TU PORTES VRAIMENT UN JOLI NOM !
AH BON ?

UN AN PLUS TÔT...
TU SAIS QUE DANS LE TEMPS, IL EXISTAIT QUATRE SAISONS DIFFÉRENTES ?
IL PARAÎT QUE LE PAYSAGE CHANGEAIT À CHACUNE D'ELLES !
TOI QUI APPRÉCIES LE SILENCE ET QUI AS LA PEAU TRÈS BLANCHE...
ÇA TE VA BIEN D'AVOIR UN NOM QUI SIGNIFIE "VILLAGE D'HIVER" !
MAIS TOUTES LES SAISONS S'EXPRIMENT EN TOI...
...
TA PERSONNALITÉ A DE MULTIPLES FACETTES !
N'IMPORTE QUOI...
HI HI HI ! QUAND JE SUIS AVEC TOI, J'AI L'IMPRESSION DE POUVOIR PROFITER DES SAISONS !
ALORS VOILÀ... JOYEUX NOËL !
?!

TU ES BIEN LA SEULE À TE PASSIONNER POUR CES COUTUMES D'UN AUTRE ÂGE...
JE N'AI RIEN À T'OFFRIR, MOI...
C'EST PAS GRAVE, CE SERA POUR L'ANNÉE PROCHAINE !
ON SE SOUHAITERA BONNE FÊTE ET ON S'ÉCHANGERA DES CADEAUX !
SOIT ONO A ÉTÉ KIDNAPPÉE PAR QUELQU'UN DE L'ÉCOLE...
SOIT ELLE...
AH !

CET IDIOT VA MOURIR SANS S'ÊTRE TRANS-FORMÉ !
EH ! SANDA !!
JE CROYAIS QUE LE PÈRE NOËL POUVAIT DÉPLOYER UNE FORCE PHÉNOMÉ-NALE POUR AIDER LES ENFANTS ?!
IL ME LES FAUT POUR RETROUVER ONO !!
C'EST MAINTENANT QUE J'AI BE-SOIN DE TES POUVOIRS !!

SI TU CRÈVES, TOUT SERA FOUTU ! JE TE JURE QUE JE NE VOULAIS PAS TE TUER !!
TU ES LE SEUL SUR QUI JE PEUX COMPTER !!
JE NE PEUX PAS LAISSER TOMBER, OU ONO VA VRAIMENT Y RESTER...
ET ÇA, C'EST HORS DE QUESTION !
JE LUI AI PROMIS...
QU'ON FÊTERAIT NOËL EN-SEMBLE !!
ELLE AURAIT ÉTÉ FOLLE DE JOIE DE VOIR DE LA NEIGE EN DÉCEMBRE !
J'AVAIS MÊME UN CADEAU, CETTE FOIS !!
ONO... TU ME MANQUES TELLE-MENT...
ONO ...

JOYEUX NOËL...

BRAOUM

HO... HO... HO... HO...
HO... HO... HO...
HO...
HO...
HO...
HOOO HO !!
HO HO !!!

HO...
HO...
HO!!
ビリィッ
SCRITCH
HO...
HAN
HAN
HAN

HAN
HAN
HAN

SANDA …
RAAAH ! LA MALÉDICTION DU CLAN SANDA N'ÉTAIT PAS CENSÉE S'EFFACER À CETTE GÉNÉRATION !
COMMENT TU AS FAIT ? JE N'EN REVIENS PAS QUE TU CONNAISSES MIEUX QUE MOI LES CONDITIONS À REMPLIR…
TU ES MÊME ALLÉE JUSQU'À ME POIGNARDER …

!
GRÂCE AU LIEN PROFOND QUI UNIT LE PÈRE NOËL AUX ENFANTS QUI CROIENT EN LUI…
C'EST DÉJÀ EN TRAIN DE GUÉRIR…
CE N'EST PAS SI SIMPLE !
D'OÙ, TU SORS, FUYUMURA ? COMMENT TU SAIS QUI JE SUIS ?

TU ES LE VRAI...
PÈRE NOËL...

À 14 ANS, FUYUMURA MESURE DÉJÀ 1 M 82, À CE QU'IL PARAÎT…
EST-CE QUE C'EST LE FAIT DE LA VOIR D'AU-DESSUS QUI LUI DONNE L'AIR SI JEUNE ?
PARCE QUE LA FUYUMURA QUE J'AI SOUS LES YEUX EST CLAIREMENT UNE ENFANT…
JE T'EN SUPPLIE, SANDA ! AIDE-MOI !
JE DOIS À TOUT PRIX RE-TROUVER ONO !
QUE CE SOIT À CAUSE DE MES INSTINCTS DE PÈRE NOËL…
OU DE LA LOGIQUE LA PLUS BASIQUE…
LA SEULE CHOSE DONT J'AI ENVIE, LÀ TOUT DE SUITE, C'EST DE LA VOIR SOURIRE…
TOUS LES ENFANTS DOIVENT SOURIRE !

JE TE PROMETS ...
DE RE-TROUVER ONO !
UNE BLANCHE MALÉDICTION S'EST ABATTUE SUR MON ADO-LESCENCE...

CHAPITRE 2 : Une relation explosive

SANDA
サンダ

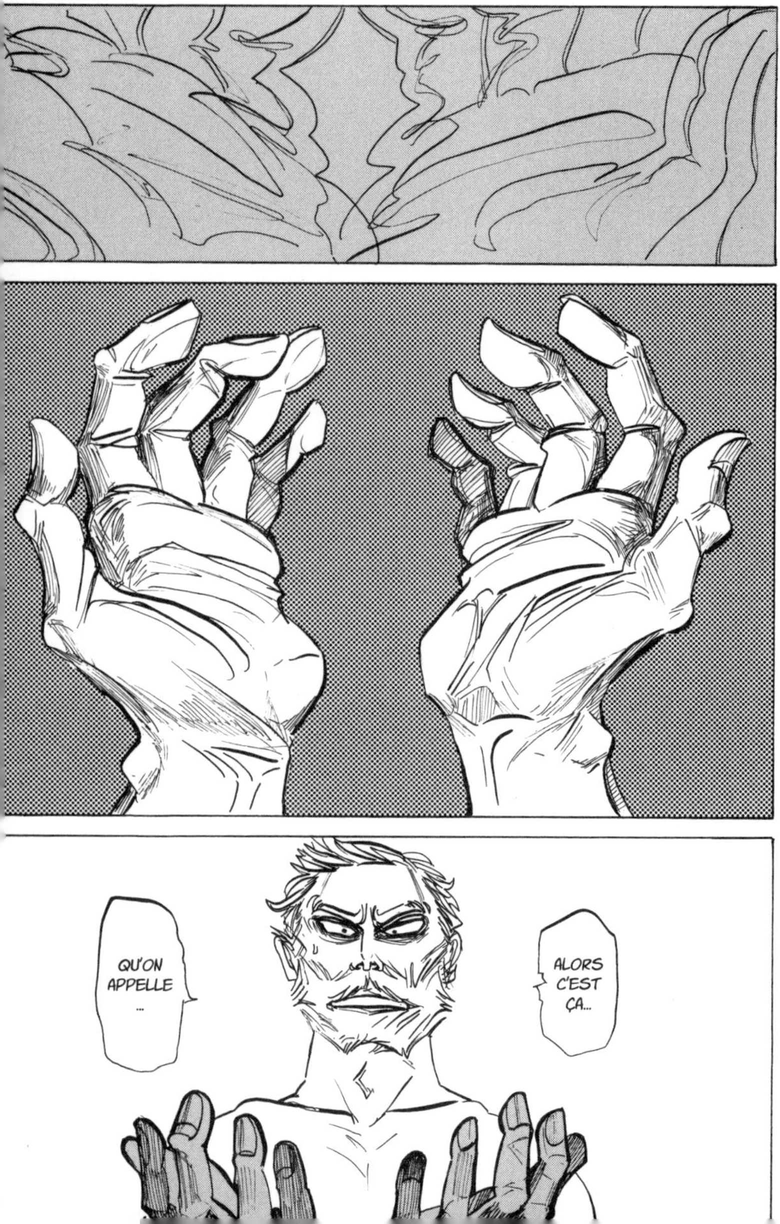
ALORS C'EST ÇA...
QU'ON APPELLE ...

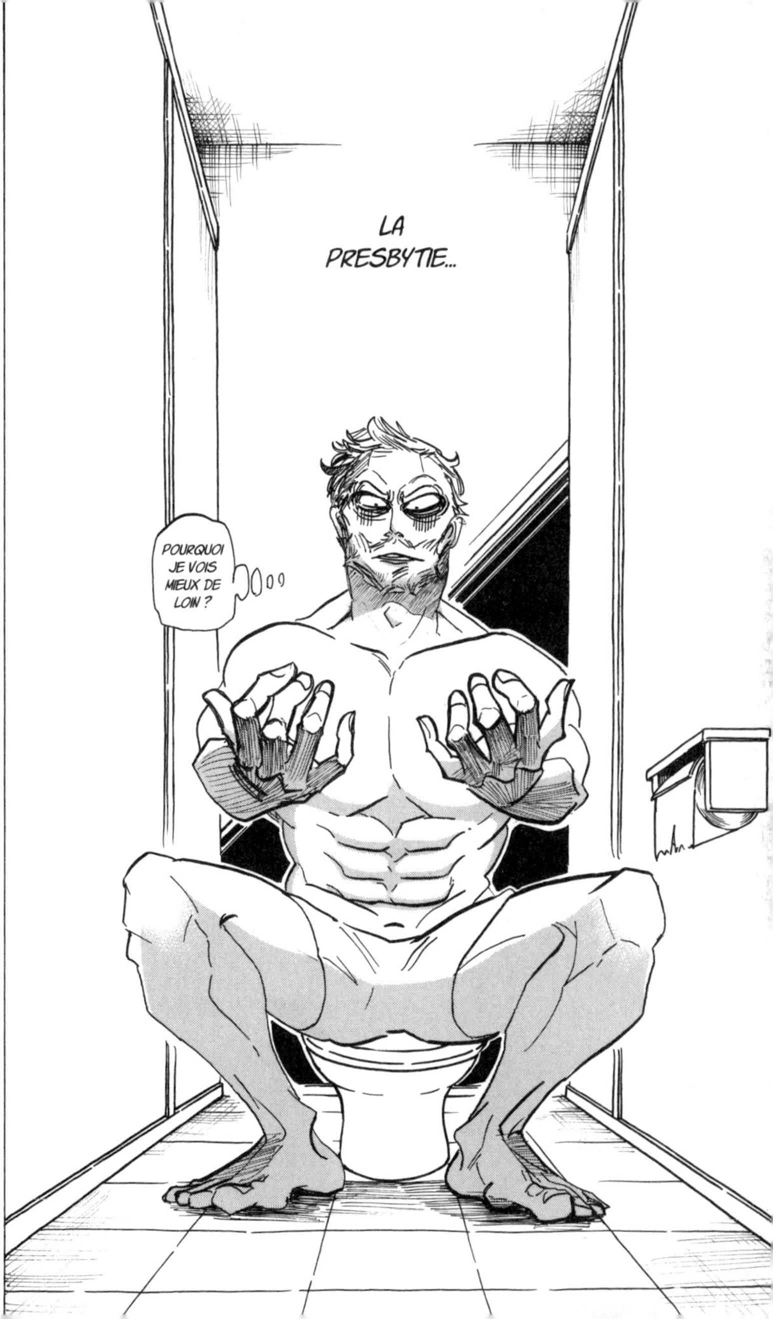
LA PRESBYTIE...
POURQUOI JE VOIS MIEUX DE LOIN ?

J'AI PERDU MON ADORABLE VOIX PRÉPUBÈRE...
AAH...
TU COMPTES RESTER ENCORE LONGTEMPS...
AINSI QUE LES TRAITS ENFANTINS QUI M'ONT VALU D'ÊTRE SURNOMMÉ "JOUES PORTE-BONHEUR"...
ビクッ
GLOUPS
ダンッ
BAM
ENFERMÉ DANS LES CHIOTTES ?!

MAINTENANT QUE TU AS DÉMOLI UNE SALLE DE CLASSE, C'EST LA PANIQUE GÉNÉRALISÉE...
PERSONNE NE SERA SURPRIS DE VOIR UN GRAND VIEILLARD À POIL DANS LES COULOIRS...
BAM
ガーッ
DAIKOKU AIGO
ÉVACUATION GÉNÉRALE !
VÉRIFIEZ QUE LES ÉLÈVES ET LES PROFESSEURS SONT TOUS SAINS ET SAUFS !
C'EST TERRIBLE ...
DE QUOI ?

MA BOUILLE CRAQUANTE ÉTAIT TOUT CE QUE J'AVAIS POUR MOI ! ÇA COMPENSAIT MA PETITE TAILLE EN ME DONNANT UN STYLE...
SI JE NE SUIS PLUS MIGNON, JE NE SUIS PLUS MOI !
TU TE RENDS COMPTE QUE C'EST FLIPPANT DE T'ENTENDRE DIRE ÇA AVEC TA TRONCHE ?
COMMENT EST-CE QUE JE VAIS FAIRE SI JE NE PEUX PAS RE-DEVENIR MOI-MÊME ?! UN GOSSE DE 14 ANS DANS LE CORPS D'UN PÈRE NOËL BARAQUÉ, ÇA VA ÊTRE L'ENFER !
ÇA REVIENDRA TOUT SEUL, NON ? LE PLUS URGENT, C'EST LA PROMESSE QUE TU M'AS FAITE...
NON, JE VEUX D'ABORD RETROUVER MON APPA-RENCE !!
HORS DE QUESTION ! TOUT CE QUI COMPTE, C'EST DE RETROUVER ONO !

MERDE !
ガサッ FRSH
MINI DRAG
C'EST QUOI ?
DES MINI DRAGI, MES TRANQUILLISANTS. HEUREUSEMENT QUE J'EN AI TOUT LE TEMPS SUR MOI...
CHOMP CHOMP
もに もに
IL N'Y A RIEN DE MIEUX POUR ME CALMER QUAND JE SUIS ÉNERVÉ !
C'EST UN PEU COMME LE TABAC POUR LES ADULTES...
SI TU VOIS...
CE QUE JE VEUX...
DIRE...
TIENS ? JE PEUX À NOUVEAU LIRE DE PRÈS.
MINI DRAG

GRÂCE À CES PETITS BONBONS QUE J'AI L'HABITUDE D'AVALER DEPUIS QUE JE SUIS GAMIN...
DES SUCRERIES PLEINES DE COLORANTS, D'ADDITIFS ET SANS LE MOINDRE APPORT NUTRITIF...
MINI DRAG
LE LENDEMAIN.
J'AI RETROUVÉ MON APPARENCE...
LA JOURNÉE D'HIER A ÉTÉ DIFFICILE POUR TOUT LE MONDE. IL SEMBLERAIT QUE LA CAUSE DE CETTE CATASTROPHE SOIT À CHERCHER DU CÔTÉ DE L'ÂGE AVANCÉ DU BÂTIMENT...
C'EST POURQUOI, EN ATTENDANT QUE LES RÉPARATIONS SOIENT TERMINÉES, LES COURS AURONT LIEU ICI, EN SALLE DE SCIENCES...
MINI DRAG

AAAH... TOUT ÇA ME DÉPASSE, JE N'Y COMPRENDS PLUS RIEN...
FUYUMURA... J'AI PASSÉ LA NUIT À RÉFLÉCHIR ET...
MÊME SI JE N'AI PAS OUBLIÉ LA PROMESSE QUE JE T'AI FAITE... JE NE PENSE PAS POUVOIR T'ÊTRE D'UNE GRANDE AIDE DANS TES RECHERCHES...
J'AI COMPRIS QUE J'ÉTAIS UN DESCENDANT DU PÈRE NOËL, MAIS JE NE SAIS PAS ENCORE TROP CE QUE ÇA IMPLIQUE...
ET PUIS, MAINTENANT QUE LA MALÉDICTION EST LEVÉE...
JE NE SAIS PAS QUAND JE VAIS ME TRANSFORMER À NOUVEAU, ET ÇA ME FAIT PEUR !
TU TE METS TROP LA PRESSION, SANDA...
JE NE T'AI PAS ATTENDU POUR PASSER À L'ÉTAPE SUIVANTE !
HEIN ?

26 DÉCEMBRE
J'AI POSÉ UNE BOMBE...
DANS CETTE SALLE !

ELLE EXPLOSERA DANS UNE HEURE.
D'ICI LÀ, TU PEUX ESSAYER DE LA TROUVER PAR TOI-MÊME ...
DE FAIRE ÉVACUER LA PIÈCE, DE ME SOUTIRER DES INFORMATIONS ...
OU ALORS TU PEUX ATTENDRE BIEN SAGEMENT QUE TOUT SOIT PULVÉRISÉ...

POUR DÉCOU-VRIR LES POUVOIRS DU PÈRE NOËL !
POURQUOI T'AS FAIT UN TRUC PAREIL ?!
J'AI BESOIN D'ÉVALUER LES COMPÉTENCES QUE TU ES PRÊT À MOBILISER POUR LE BIEN DES ENFANTS ...
ET JE N'AI PAS D'AUTRE MOYEN QUE DE ME SERVIR DE NOS 22 CAMARADES !

...
MALHEUREUSEMENT...
JE SAIS D'EXPÉRIENCE...
QUE CETTE FILLE NE BLUFFE JAMAIS !
ÉCOUTEZ-MOI TOUS !
CLAC
ガタッ

IL...
...
IL Y A UNE BOMBE DANS LA CLASSE !
QU'EST-CE QUE JE RACONTE, MOI ?
TOUT LE MONDE DOIT...
SOR...
SILENCE, S'IL VOUS PLAÎT ! ON NE DÉRANGE PAS LE COURS !
...
JE TE RASSURE, FRÉROT, J'AI PAS NON PLUS RÉVISÉ POUR LE CONTRÔLE D'APRÈS...
ON N'AURA QU'À EXPLOSER ENSEMBLE !
C'EST TOUJOURS PAREIL, AVEC LUI !
MAIS BIEN SÛR !
CE MEC EST EN FREESTYLE COMPLET !

AÏE, JE M'Y SUIS MAL PRIS !
DIS, FUYUMURA... EN FAIT, TU PLAISANTES, HEIN ? IL N'Y A PAS DE BOMBE ?
HEIN ?
LIBRE À TOI DE CROIRE CE QUE TU VEUX ...
MERDE !
JE PRÉFÈRE CHERCHER PLUTÔT QUE DE PASSER UNE HEURE À ANGOISSER...
TU L'AURAS VOULU...
JE N'AI PAS D'AUTRE CHOIX QUE D'AVOIR RECOURS À LA MÉTHODE DISCRÈTE ET CLASSIQUE !
MADAME, EXCUSEZ-MOI... EN FAIT, J'AI FAIT TOMBER MA BOÎTE DE PUNAISES TOUT À L'HEURE...
VOUS PERMETTEZ QUE JE VÉRIFIE QU'IL N'EN RESTE PAS ?
VOYONS, ON EST EN PLEIN COURS !

MAIS QUAND JE PENSE QUE J'EN AI PEUT-ÊTRE OUBLIÉ UNE, ÇA M'EMPÊCHE DE ME CONCENTRER... JE ME SENTIRAIS TELLEMENT MAL SI QUELQU'UN SE BLESSAIT PAR MA FAUTE...
J'AIMERAIS EN AVOIR LE CŒUR NET...
BON SANG, MAIS QU'EST-CE QUE JE FABRIQUE ? MÊME UN PRIMAIRE N'IRAIT PAS CHERCHER UNE BOMBE SOUS LES TABLES... SANS PARLER DU PÈRE NOËL ! UTILISE TA TÊTE, BORDEL !
BON, SI VOUS VOULEZ... PENDANT QUE VOTRE CAMARADE S'ASSURE QUE NOUS NE RISQUONS RIEN...
POURSUIVEZ VOTRE RÉDACTION, ET N'OUBLIEZ PAS LES ALINÉAS ET LES SAUTS À LA LIGNE !
...
SURTOUT QU'AUJOURD'HUI...

LE THÈME DE LA RÉDACTION, C'EST...
« La chose dont vous avez le plus envie en ce moment. »
JE N'EN REVIENS PAS QUE LA PROF AIT CHOISI CE SUJET...
PILE LE JOUR OÙ MOI (LE PÈRE NOËL), JE SUIS DANS LA SALLE...
COMMENT DIRE...

CRITCH カリ カリ カリ カリ CRITCH カリ カリ CRITCH カリ…
TOUS LES AUTRES SONT TRÈS APPLIQUÉS… CE QUI SIGNIFIE QU'ILS SAVENT CE QU'ILS VEULENT…
ÇA ME MET ENCORE PLUS LA PRESSION !
JE SUIS FRANCHEMENT DÉSOLÉ… VOUS AVEZ LE VRAI PÈRE NOËL SOUS LES YEUX, MAIS IL NE VOUS SERT À RIEN…
JE PRÉFÉRERAIS ME JOINDRE À VOUS POUR ÉCRIRE SUR LE VÉLO DE MES RÊVES…
CRITCH カリ
CRITCH カリ
CRITCH カリ
CRITCH カリ
CRITCH カリ
CRITCH カリ
CRITCH カリ
CRITCH カリ
CRITCH カリ カリ

MAIS...
J'AI RENONCÉ À L'IDÉE DE REDEVENIR UN COLLÉGIEN ORDINAIRE...

moment
J'aimerais un jour
...ais pas encore
À QUOI ÇA SERT DE DEVENIR UN VIEUX TYPE BARAQUÉ SI C'EST POUR ÊTRE INCAPABLE DE TENIR LA PROMESSE QUE J'AI FAITE À FUYUMURA ? ÇA SUFFIT !
LA MALÉDICTION DE SANTA CLAUS A ÉTÉ LEVÉE !
CRITCH
CRITCH
CRITCH
CRITCH
CRITCH
CRITCH
CRITCH
CRITCH

faire de mon mieux
CRITCH
CRITCH
D'AILLEURS, FACE À TOUS CES ÉLÈVES FOCALISÉS SUR LEURS DÉSIRS...
QU'EST-CE QUE FERAIT LE VRAI PÈRE NOËL ?
CRITCH
CRITCH
CRITCH
HEIN ? IL FERAIT QUOI, LE VRAI PÈRE NOËL ?!
ÇA VA BIENTÔT ÊTRE L'HEURE...
TOUT LE MONDE A FINI ?

GARDEZ VOTRE CALME...

OU JE BRISE LA NUQUE DE CETTE GAMINE !!

AAAAAAH !!
S... SILENCE, J'AI DIT ! JE SUIS UN VOLEUR ! NON, UN CAMBRIOLEUR ! EUH... NON... UN TERRORISTE !!
L... LÂCHEZ-LA TOUT DE SUITE ! QUI ÊTES-VOUS, D'ABORD ?! D'OÙ EST-CE QUE VOUS...

TOUT LE MONDE DEHORS !!
JE VEUX DIX MILLIARDS EN LIQUIDE ...
OU LA FILLE Y PASSE !!
FUYU !
FUYU ...
FUYU !!
HORS DE MA VUE !!
AAAAAH !!
MADAME... EST-CE QUE FUYUMURA VA...
PAS DE PANIQUE, LES ENFANTS, ÇA VA ALLER... VU LA SOMME QUE DEMANDE CET HOMME, IL NE DOIT PAS ÊTRE TRÈS MALIN !
MAIS MIEUX VAUT ÉVITER DE L'ÉNERVER ET ATTENDRE L'ARRIVÉE DES SECOURS !
SALLE DE SCIENCES

ALORS LÀ, SANDA, TU M'IMPRES-SIONNES... JE NE TE SAVAIS PAS SI COU-RAGEUX !
IL FAUT DIRE QUE LE COUP DU SWEAT QUI PERMET DE CHANGER D'APPARENCE, C'EST SUPER PRATIQUE !
INTERDIT
HÉ HÉ... QUOI QU'IL EN SOIT...

FÉLICITATIONS !

BIP
ピッ
BIP
ピッ
BIP
ピッ
BIP
ピッ
GLOUPS
T... TU NE BLUFFAIS PAS...
JE NE BLUFFE JAMAIS, SANDA. JE T'AI TESTÉ AVEC LE PLUS GRAND SÉRIEUX...
JE N'AI PAS BESOIN DES SERVICES D'UN PÈRE NOËL INCAPABLE DE PROTÉGER UNE CLASSE D'UNE SIMPLE BOMBE ARTISANALE. SI TU AVAIS ÉCHOUÉ, J'AURAIS CONTINUÉ À CHERCHER ONO TOUTE SEULE !

T... TU AS FAILLI TOUS NOUS TUER, BORDEL !
RESPIRE, PERSONNE N'EST MORT !
JE DÉTESTE LES GENS QUI VIENNENT PLEURNICHER POUR DES TRUCS QUI N'ONT PAS EU LIEU. C'EST VRAIMENT UNE SALE HABITUDE DES ADULTES !
TU AS TROUVÉ LA BOMBE, TOUT EST BIEN QUI FINIT BIEN ...
SOUS SES GRANDS AIRS...
FUYUMURA...
RESTE UNE SALE GAMINE DE MERDE !

COMMENT EST-CE QUE TU AS SU QUE LA BOMBE ÉTAIT SUR MOI ?
« La chose dont vous avez le plus envie en ce moment. »
...
TON BUREAU ÉTAIT LE SEUL...
D'OÙ NE PROVENAIT AUCUN BRUIT DE CRAYON...

JE NE SAIS PEUT-ÊTRE PAS COMMENT LE PÈRE NOËL DOIT SE COMPORTER...
MAIS UNE CHOSE EST SÛRE, LES ENFANTS QUI N'ONT PAS D'IDÉE DE CADEAU, C'EST PRÉOCCUPANT !
JE SAIS QUE C'EST DUR POUR TOI, DEPUIS LA DISPARITION D'ONO... J'AI DONC SABOTÉ CE COURS POUR ÉVITER QUE TU SOUFFRES DAVANTAGE...
JE PENSAIS AUSSI EN PROFITER POUR TE TIRER LES VERS DU NEZ, MAIS JE NE ME DOUTAIS PAS QUE TU PORTAIS UNE CEINTURE EXPLOSIVE...
EH, TU M'ÉCOUTES ?
ÉCRIRE CE DONT J'AI ENVIE... J'EN SUIS BIEN INCAPABLE...

PARCE QUE JE SAIS QUE LA PEUR D'AVOIR PERDU QUELQU'UN ...
DÉPASSE DE LOIN LE BONHEUR DE L'AVOIR CONNU...

LA JOIE DES RETROUVAILLES N'EN SERA QUE PLUS FORTE !
JE PENSAIS QUE TES JOURNÉES AVEC ONO ...
CONSTITUAIENT TON TRÉSOR ...
IL EST TEMPS DE RÉCUPÉRER CE À QUOI TU TIENS !
AH, MAIS ATTENDS !
TU N'AS PAS DÉSAMORCÉ LA BOMBE ?!

BOUM

ARGH ...
GH...
GH...
IL M'A MISE À L'ABRI DERRIÈRE CE BUREAU AVANT DE SE SACRI-FIER !
S... SANDA ...
CE PÈRE NOËL DÉPASSE TOUTES MES ATTENTES !

SANDA !
À CE STADE, J'AI IDENTIFIÉ TROIS FACULTÉS PROPRES À SANTA CLAUS...
FUYU-MURAAA !
PREMIÈREMENT, IL SE TRANSFORME QUAND IL PORTE UN VÊTEMENT ROUGE...
ゴオオオオ
VROUUUF
RAAAH !!
NOOON !!

FUYUMURA, ESPÈCE DE DÉBILE !
J'ÉTAIS SÉRIEUX, TOUT À L'HEURE !
DEUXIÈMEMENT, IL RETROUVE SON APPARENCE INITIALE EN MANGEANT UN MINI DRAGI...
?
JE RECONNAIS QUE TU AS DU CRAN !
ON VA CHERCHER ONO EN-SEMBLE !
ON DIRAIT QUE LE FEU N'A AUCUN EFFET SUR MOI... JE POURRAI T'APPORTER TON CADEAU PAR LA CHEMINÉE !
RISQUE D'INCENDIE

PRO-
MESSE
DE PÈRE
NOËL !!

GH...
TROISIÈMEMENT...
KOF KOF KOF KOF
ENFIN... LÀ, ON EST QUAND MÊME AU-DESSUS DU PETIT FEU DE CHEMINÉE ...
IL RÉSISTE AUX FLAMMES.

CHAPITRE 3 :
Bonbon, bâton, bisou et lame

SANDA

HMM...
ÇA RESSEMBLE À ÇA, UNE CHAMBRE DE GARÇONS ? C'EST LA PREMIÈRE FOIS QUE J'EN VOIS UNE...
HA HA... PARDON POUR LE DÉSORDRE ...
MINI DRAGI
103209
C-10
120 SACHETS (6 BOÎTES DE 20 SACHETS)
MINI DRAGI
103209
C-10
120 SACHETS (6 BOÎTES DE 20 SACHETS)

JE T'AI ACHETÉ UN CARTON ENTIER DE TU-SAIS-QUOI...
AH !
HITOSHI AMAYA.
C'ÉTAIT FUYU-MURA...
HAJIME MOGI.
ELLE NE PORTAIT PAS SON UNIFORME ...
IKKEI DOZONO.
DANS NOTRE CHAMBRE À NOUS...
SANDA NOUS A RAMENÉ UNE FILLE...
IORI UTAGAWA.

DES MINI DRAGI !
AH OUAIS ?! MERCI !
C'EST TOUT, À PLUS...
UTAGAWA, FAIS-LE PARLER !
J'AI LA DALLE... VOUS CROYEZ QU'IL Y A DU MONDE AU SELF ?
MONSIEUR SANDA, UN INSTANT ! QUELLE EST VOTRE RE-LATION AVEC CETTE DEMOI-SELLE ?!
DÉSOLÉ, VEUILLEZ CONTACTER MON AGENT ...
DANS NOTRE CHAMBRE, ON PASSE NOTRE TEMPS À FAIRE LES IDIOTS, MAIS AUX YEUX DU PAYS, ON EST UN TRÉSOR NATIONAL !

Italian
Chinese
An 2080
An 5 de l'ère Tenshi
Marathon de l'académie Daikoku Aigo
ACTUELLEMENT, EN L'AN 5 DE L'ÈRE TENSHI, LES MOINS DE 15 ANS SONT AU NOMBRE DE 50 000 AU JAPON, CE QUI REPRÉSENTE À PEINE 0,1 % DE LA POPULATION.
ICI, À L'ACADÉMIE DAIKOKU AIGO, ON PREND SOIN DES RARES SPÉCIMENS QUE NOUS SOMMES... EN PLUS D'ASSURER NOTRE ÉDUCATION, L'ÉCOLE NOUS FOURNIT LE GÎTE ET LE COUVERT (IL EXISTE PLUSIEURS ÉCOLES DE CE GENRE).
NINE
BONSOIR, MONSIEUR UTAGAWA, VOUS ÊTES LE SEUL À NE PAS M'AVOIR RENDU VOTRE DEVOIR DE MATHÉMATIQUES...
OUPS, J'AI OUBLIÉ ! DÉSOLÉ, PROF !
CE SONT LES ADULTES QUI S'ADRESSENT AUX JEUNES DE FAÇON FORMELLE... QUAND JE PENSE QU'À L'ÉPOQUE, C'ÉTAIT L'INVERSE, JE ME DIS QU'ON EST VRAIMENT DES PRIVILÉGIÉS !

DITES, VOUS TROUVEZ PAS QUE LA BOUFFE DE LA CAFÈT' EST PLUS DÉGUEU CHAQUE ANNÉE ?
NORMAL, LE PAYS S'APPAU-VRIT...
ON NE PEUT PAS SE PLAINDRE ...
ET ENCORE, AUJOURD'HUI ON A DE LA VIANDE ! HEIN, SANDA ?!
SANDA ? IL T'ARRIVE QUOI ?
MALGRÉ TOUT, LES ENFANTS RESTENT UN TRÉSOR...

ET JE NE PEUX PAS M'EMPÊCHER DE TROUVER CEUX QUI M'ENTOURENT ADORABLES...
ALLONS, ALLONS...
MANGEZ À VOTRE FAIM, LES ENFANTS...
de l'ère Tenshi
VOUS NE TROUVEZ PAS SANDA BIZARRE, CES DERNIERS TEMPS ?
SI...
HEIN ?!
ON PENSE PAREIL, ALORS ?!
TIENS, REGARDE, JE TE RETIRE LE GRAS POUR QUE CE SOIT PLUS APPÉTISSANT !
AAAH ! ARRÊTE ÇA TOUT DE SUITE !

TU N'AS MÊME PAS RÉAGI CE MATIN QUAND FUYUMURA A DÉBARQUÉ DANS NOTRE CHAMBRE EN VÊTEMENTS DE TOUS LES JOURS HYPER SEXY ! JE TE TROUVE ÉTRANGEMENT MATURE DEPUIS QUELQUE TEMPS...
QU'EST-CE QUE T'AS, À LA FIN ?!
OÙ EST PASSÉ NOTRE SANDA INNOCENT, STUPIDE ET UN PEU RELOU ?!
FUYUMURA EN VÊTEMENTS DE TOUS LES JOURS ? AH OUI, MAINTENANT QUE TU LE DIS...
ÇA DONNAIT QUOI, DÉJÀ ?!
IL A RAISON... JE NE ME SUIS MÊME PAS RENDU COMPTE QU'ELLE N'ÉTAIT PAS EN UNIFORME... MAIS LE PIRE, C'EST QUE JE LA VOIS COMME UNE ENFANT ET NON COMME UNE PERSONNE DE L'AUTRE SEXE !
MINUTE... SI ÇA SE TROUVE...

ÇA VEUT DIRE QUE LE PÈRE NOËL EST EN TRAIN DE S'INSTALLER AU PLUS PROFOND DE MON CŒUR !
ÇA VA, SANDA ?
AMAYA... DÉSOLÉ POUR TOUT À L'HEURE, J'AI DÛ VOUS PARAÎTRE BIZARRE...
OÙ SONT LES AUTRES ?
AUX TOILETTES, NE T'INQUIÈTE PAS...
ILS ONT UN PEU PANIQUÉ QUAND ILS T'ONT VU TE COMPORTER EN ADULTE, ÇA LEUR A RAPPELÉ QU'EUX AUSSI, ILS ALLAIENT DEVOIR GRANDIR... APRÈS TOUT, NOTRE GÉNÉRATION SOUHAITE RESTER DANS L'ENFANCE LE PLUS LONGTEMPS POSSIBLE...
MAIS JE TE RASSURE, TU ES TOUT À FAIT NORMAL !
MERCI ...
SI SEULEMENT TOUT LE MONDE ÉTAIT AUSSI COMPRÉHENSIF...

EN MÊME TEMPS...
IL FAUT DIRE QUE JE SAIS QUI TU ES...
HEIN ?

DZZT
DZZT
バチ
バチ
ARGH...
DZZT
どきっ
PLAF
BAH ALORS, SANDA, PIONCE PAS PAR TERRE !
ON VA À LA DOUCHE, À TOUTE !

OK, JE L'INSTALLE SUR SON LIT ET JE VOUS REJOINS...
MERCI, PRINCE AMAYA !
GH...
AH !

L…
LA SALLE DE SCIENCES ?
SALLE DE SCIENCES
IL Y A QUELQU'UN ?!
AU SECOU…
ACCÈS INTERDIT ACCÈS INTERDIT ACCÈS INTERDIT ACCÈS INTERDIT
ARRÊTE DE CRIER… ON FERA QUOI SI DES GENS TE TROUVENT DANS CET ÉTAT ?

FUYUMURA ?! QU'EST-CE QUE TU FABRIQUES ICI ?!
QUAND J'AI REPRIS MES ESPRITS, J'ÉTAIS ATTACHÉE À CETTE CHAISE...
CE TYPE EST UN VIOLENT ...
JE NE PENSE PAS QUE LE DUO QUI A DÉTRUIT CETTE PIÈCE SOIT LE MIEUX PLACÉ POUR ME FAIRE LA LEÇON...

ALORS COMME ÇA...
LE PÈRE NOËL EXISTE VRAIMENT...
A...
AMAYA ?!
DÉSOLÉ D'AVOIR EMPLOYÉ LA FORCE... MAIS JE N'AI PAS EU LE CHOIX...

COMMENT TU SAIS QUI JE SUIS ?!
J'AI TOUT VU PAR LA VITRE DE LA PORTE, L'AUTRE JOUR...
LES AUTRES S'ÉTAIENT DÉJÀ ENFUIS, MAIS CHEZ MOI LA CURIOSITÉ L'A EMPORTÉ ...
SALLE DE SCIENCES
OUAH...
OK, C'EST DE NOTRE FAUTE...
JE NE TE CACHE PAS QUE J'AI ÉTÉ SURPRIS ...
JE NE M'ATTENDAIS PAS À CE QUE LE CLOWN DE LA CLASSE SOIT SANTA CLAUS !
ET QU'EST-CE QU'ON FAIT LIGOTÉS DANS UN ENDROIT PAREIL ?!
IL COMPTE RÉVÉLER MON IDENTITÉ ? OU BIEN ME VENDRE AU PLUS OFFRANT ?
TU TE DEMANDES CE QUE JE TE VEUX, HEIN ?

RIEN DE SPÉCIAL !

TU CROIS QUE LES EN-FANTS ONT TOUS ENVIE DE CADEAUX ?
DANS CE CAS, CHER PÈRE NOËL, TU FERAIS MIEUX D'EN APPRENDRE UN PEU PLUS SUR MES CONTEMPO-RAINS...
C'EST PAS DE CHANCE D'AVOIR ÉTÉ VU PAR UN SALE GOSSE, PAS VRAI ?
MOI, PAR EXEMPLE, JE PRENDS TOUT SIMPLEMENT PLAISIR À DO-MINER LES AUTRES...

MAIS BON... DE TOUTE FAÇON, À 14 ANS, ON A TOUS LES DROITS...
SELON LA LOI SUR LA PROTECTION DE LA JEUNESSE, UN MINEUR NE PEUT PAS ÊTRE DÉCLARÉ COUPABLE DE MEURTRE SI LA VICTIME EST MAJEURE...
IL ARRIVE QU'UN ENFANT MASSACRE UN ADULTE ET RETOURNE EN COURS LE LENDEMAIN COMME SI DE RIEN N'ÉTAIT !
LA QUESTION EST DONC... QU'EST-CE QUE JE VAIS FAIRE DE TOI, PAPY ?
JE TE RAPPELLE QUE J'AI TOUJOURS TON ÂGE À L'INTÉRIEUR... MAIS SI C'EST MOI QUE TU VEUX, ALORS LIBÈRE FUYUMURA !
PAS QUESTION !
ET SI TU FAIS DU MAL À SANDA, TU ME LE PAIERAS !
INTÉRESSANT... CE N'EST PAS TOUS LES JOURS QU'ON VOIT UN ADULTE ET UN ENFANT QUI SE FONT CONFIANCE...
HMM...

OK, JE SAIS... SANDA, FUYUMURA...
JE PROMETS DE VOUS LAISSER PARTIR SI VOUS ACCEPTEZ DE VOUS EMBRASSER !
FACILE, NON ?

QU... HEIN ?
UN BAISER ?!
C'EST TOUT ?!
OUI, MAIS PAS UN PETIT BISOU DE RIEN DU TOUT ! JE VEUX QUE VOUS METTIEZ LA LANGUE ET TOUT !
IL S'ÉCLATE, L'ENFOIRÉ !
AMAYA...
TOURNE-TOI PAR ICI, SANDA !
DIRE QU'ON PARTAGE UNE CHAMBRE... JE N'AURAIS JAMAIS CRU QUE TU ÉTAIS À CE POINT UN SALAUD !
TU N'AS PAS HONTE DE DEMANDER UN TRUC PAREIL ?!

HEIN ? COMMENT ÇA ?
QU'EST-CE QUI TE GÊNE ?
FUYUMURA EST UNE ENFANT !
ET LE PÈRE NOËL NE TOUCHE PAS AUX ENFANTS !!
QUOI ?! ON A LE MÊME ÂGE, MEC !
MAIS JE SUIS LE PÈRE NOËL ! ET MES GÈNES M'INTERDISENT DE BRISER UN TABOU PAREIL !!
T'AS PENSÉ À MOI ?! HORS DE QUESTION QUE TU FINISSES DERRIÈRE LES BARREAUX AVANT D'AVOIR REMPLI TA PROMESSE ! VITE, EMBRASSE-MOI !!
JAMAIS !
HA HA HA HA HA HA HA !
ALORS, QU'EST-CE QUE VOUS DÉCIDEZ ?! DÉPÊCHEZ-VOUS, QUELQU'UN RISQUE DE SE POINTER !

BORDEL...
J'AVAIS FAUX SUR TOUTE LA LIGNE !
LES ENFANTS SONT TOUT...
VIOLENTS...
CRUELS...
ÉGOÏSTES...

SAUF MIGNONS !!

ET DANS CE CAS, JE N'AI PAS NON PLUS BESOIN D'ÊTRE LE PÈRE NOËL IDÉAL !
TCHAC

D... DES SKIS ?

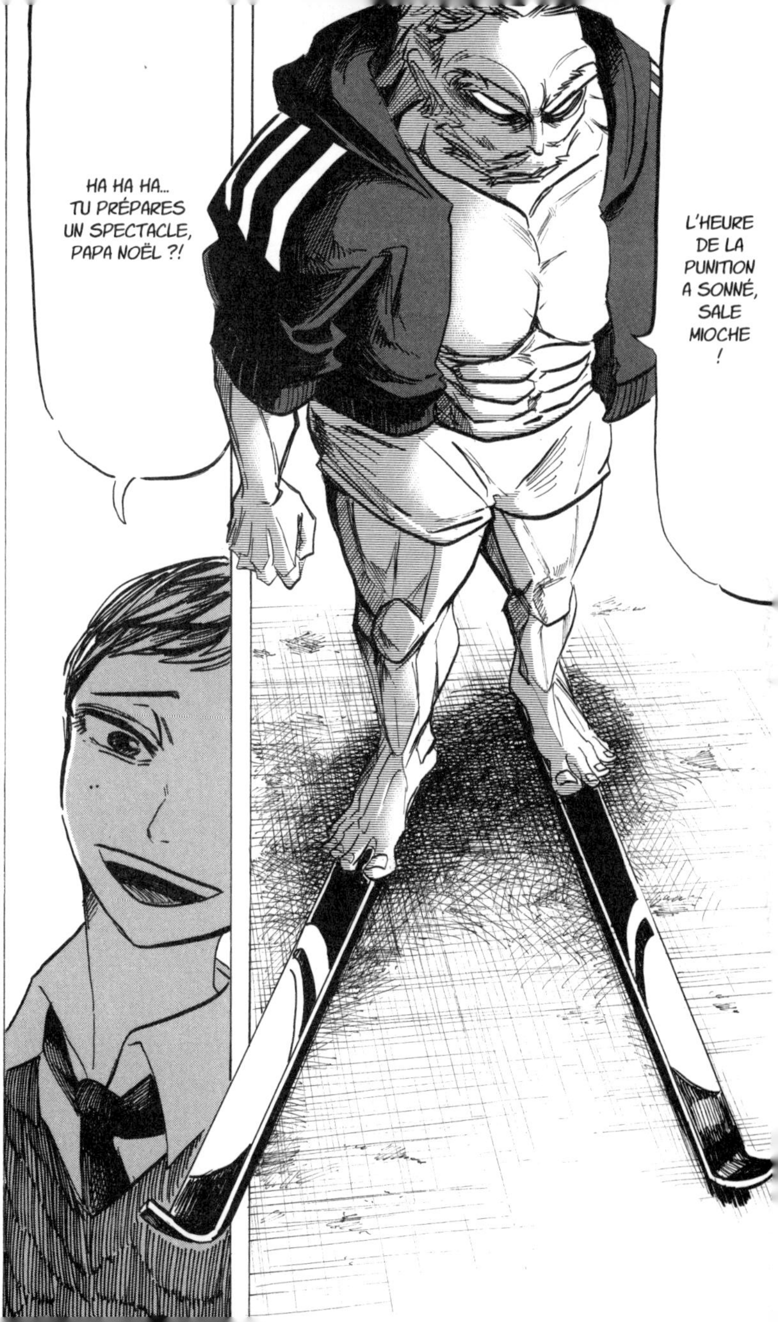
L'HEURE DE LA PUNITION A SONNÉ, SALE MIOCHE !
HA HA HA... TU PRÉPARES UN SPECTACLE, PAPA NOËL ?!

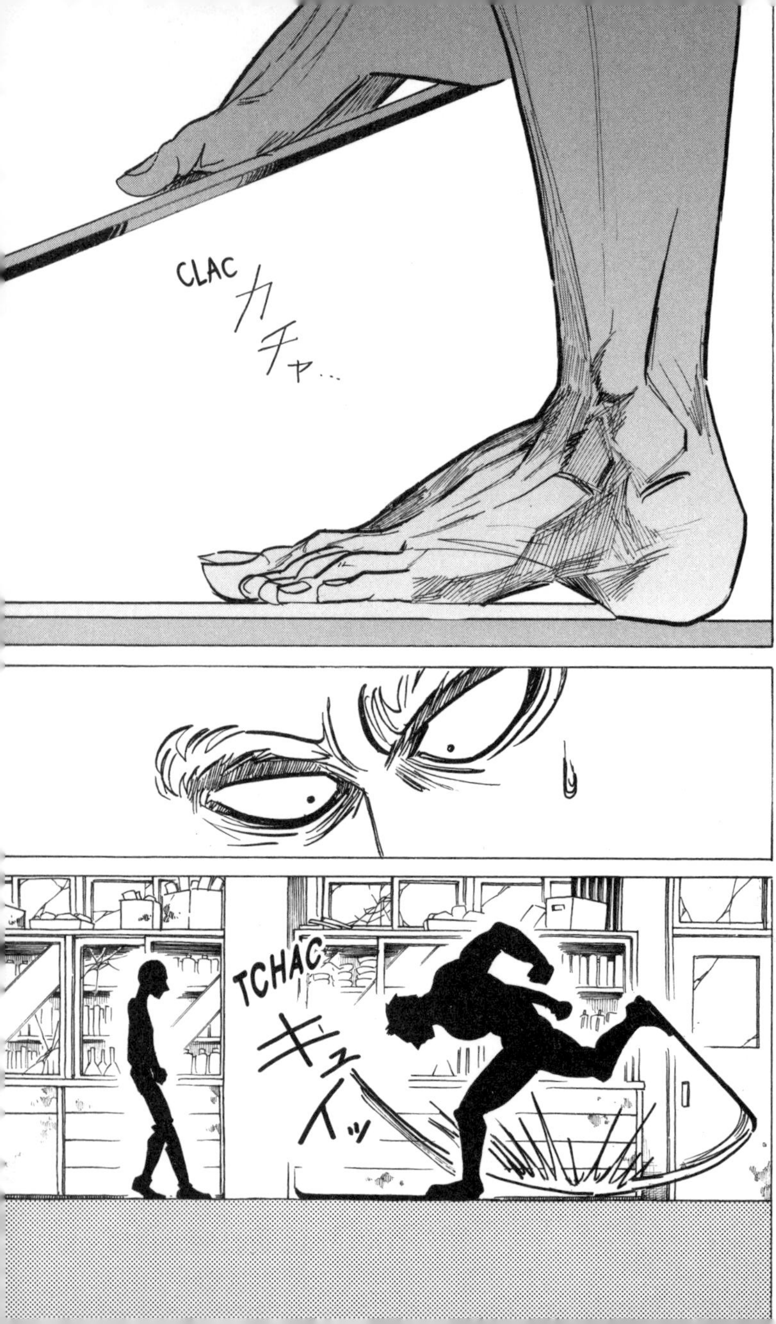
CLAC
カチャ…
TCHAC
キュイッ

CHAPITRE 4 : Le démon du trauma

JE CROYAIS QUE LE PÈRE NOËL N'AVAIT PAS LE DROIT DE TOUCHER AUX ENFANTS ?
SI TU ME PUNIS AVEC CES SKIS, JE RISQUE DE LE SENTIR PASSER...
SUR CE COUP, AMAYA A RAISON...
MAIS SI LE PÈRE NOËL NE PEUT PAS S'EN PRENDRE AUX EN-FANTS...

POURQUOI J'AI LE CORPS SI MUSCLÉ ?
POURQUOI LES FLAMMES NE ME BRÛLENT PAS ?
POURQUOI DES SKIS AFFÛTÉS COMME DES LAMES ONT POUSSÉ À MES PIEDS ?
J'IGNORAIS QUE LE PÈRE NOËL ÉTAIT CAPABLE D'UNE TELLE BRUTALITÉ...
J'AI L'IMPRESSION D'ÊTRE DEVENU UNE ARME DE DESTRUCTION MASSIVE !
SANDA ...
!

TIENS, TIENS...

LES ÉLÈVES NE SONT PAS AUTORISÉS À TRAÎNER DANS LES PARAGES !
M...
MONSIEUR LE DIRECTEUR !

DEPUIS L'EXPLOSION, L'ACCÈS À LA SALLE DE SCIENCES EST INTERDIT. PUIS-JE SAVOIR CE QUE TU FAIS ICI TOUT SEUL, AMAYA ?
J... JE NE SUIS PAS SEUL... MAIS...
OÙ EST-CE QU'ILS SONT PASSÉS ?!
MAIS QUOI ?
N... NON...
RIEN...

!
GLOUPS
TA PEAU EST AUSSI DOUCE QUE CELLE D'UN ŒUF DUR FRAÎCHEMENT ÉCALÉ...
DÉCIDÉMENT, LA JEUNESSE EST LA CHOSE LA PLUS PRÉCIEUSE AU MONDE...
J'IMAGINE QUE DES RUMEURS CIRCULENT PARMI LES ÉLÈVES AU SUJET DE MON ÂGE...
LOIN DE MOI L'INTENTION DE LE DISSIMULER, J'AI EXACTEMENT 92 ANS !

SI J'AI CONSERVÉ CE VISAGE JUVÉNILE, C'EST PARCE QUE JE M'INJECTE DE L'ACIDE HYALURONIQUE ET DU COLLAGÈNE À DES DOSES QUASI MORTELLES...
JE TIENS À TÉMOIGNER DE LA VALEUR SUPRÊME DE LA JEUNESSE DANS LE JAPON D'AUJOURD'HUI !
MAIS PENDANT CE TEMPS, TOI, TU GASPILLES TA PRÉCIEUSE ADOLESCENCE DANS UN ENDROIT COMME CELUI-CI...
VILAIN PÉCHEUR QUE TU ES !
JE N'OSE PAS IMAGINER CE QUI SERAIT ARRIVÉ SI LE DIRECTEUR M'AVAIT VU SOUS CETTE APPARENCE... CE TYPE EST CONNU POUR SA HAINE DES ADULTES ET SON OBSESSION DE LA JEUNESSE !

HIFUMI OSHIBU (SES MAINS ONT TOUJOURS 92 ANS) EST LE DIRECTEUR DE L'ACADÉMIE DAIKOKU AIGO...
PERSUADÉ QUE DE SES ÉLÈVES DÉPEND LA RECONSTRUCTION FUTURE DU PAYS, IL RÈGNE EN DESPOTE SUR SON ÉTABLISSEMENT !
CONVAINCU QUE LES TRAUMATISMES DE LA VIE PEUVENT DÉTRUIRE LA PERSONNALITÉ DES ENFANTS, IL A DÉVELOPPÉ SON PRÉCEPTE "ÉDUCATION ZÉRO TRAUMA" POUR LES PROTÉGER TOUT EN SURVEILLANT LE MOINDRE DE LEURS MOUVEMENTS.
ÉDUCATION ZÉRO TRAUMA

JE TE TROUVE ICI TOUT SEUL... J'EN DÉDUIS QUE TU N'ES PAS CAPABLE D'AGIR DE CONCERT AVEC LES AUTRES...
TU N'AURAIS PAS SUBI UN TRAUMATISME QUELCONQUE PAR LE PASSÉ ?
NON, PAS DU TOUT !!
J'AI ZÉRO TRAUMA !!
TON EXPRESSION INDIQUE POURTANT LE CONTRAIRE... JE VOIS BIEN QU'IL Y A QUELQUE CHOSE !
NON, JE VOUS JURE ! J'ADORE MA VIE !!
DANS CE CAS, POURQUOI SEMBLES-TU SI INQUIET ?
JE NE SUIS PAS INQUIET ! C'EST LA VÉRITÉ, JE VOUS LE PROMETS !!

MES MUSCLES FACIAUX SONT AUJOURD'HUI NÉCROSÉS À CAUSE D'UN EXCÈS DE CHIRURGIE ESTHÉTIQUE. MA CANNE EST LE SEUL MOYEN QUE J'AI TROUVÉ POUR EXPRIMER MES ÉMOTIONS...
TU COMPRENDS CE QUE ÇA SIGNIFIE ? JE SUIS EN COLÈRE !

LES ENFANTS QUI MENTENT SONT AUSSI DÉTESTABLES QUE CEUX QUI VIVENT AVEC UN TRAUMA...
TU SEMBLES AVOIR BESOIN D'UNE CORRECTION ! JE VAIS DEVOIR T'EMMENER...
AU SOUS-SOL !
NON...
PAS ÇA...
MONSIEUR LE DIRECTEUR ! LÂCHEZ-MOI ! JE N'AI RIEN FAIT !!
DOUCEMENT ! N'OUBLIE PAS QUE JE SUIS UN VIEILLARD !
LE SOUS-SOL...
J'EN AI DÉJÀ ENTENDU PARLER, MAIS JE CROYAIS QU'IL S'AGISSAIT D'UNE LÉGENDE URBAINE...
SANDA ?

SALLE DE SCIENCES
SALLE DE SCIENCES

ARGH...
VSH
ザッ
LAISSE CET ENFANT TRANQUILLE !
L'AVANTAGE DE M'ÊTRE ÉVEILLÉ AUX POUVOIRS DU PÈRE NOËL, C'EST QUE J'AI PU ME RENDRE COMPTE...

QU'IL Y AVAIT QUELQUE CHOSE DE PAS NET DANS CETTE ÉCOLE...
AAAH... QU'EST-CE QUE C'EST ? QU'EST-CE QUI M'ARRIVE ?
TU M'AS FAIT MAL !
ENFIN, JE CROIS ...
APRÈS MES NOMBREUSES OPÉRATIONS, J'AI FINI PAR ARRÊTER DE SAIGNER...
MAIS IL Y A PLUS URGENT... JE DOIS PRÉVENIR LE RESTE DE L'ÉCOLE DE TA PRÉSENCE ICI !

TCHAC
パキッ
JE NE PENSAIS PAS QUE TU FERAIS UN JOUR TON APPARITION, MAIS JE N'AI PAS PEUR POUR AUTANT...
MON RÔLE PREMIER EST DE PROTÉGER LES ENFANTS ...
ÇA TOMBE BIEN...
C'EST LE MIEN AUSSI !
JE ME DEMANDAIS POURQUOI MON CORPS ÉTAIT DEVENU UNE ARME...
MAINTENANT, J'AI MA RÉPONSE !

FUIT
きっ

HA HA HA !
TU DESSINES TES INI-TIALES ?
ド
CRAC

NON, JE PROTÈGE LES SALES GOSSES…
DES ADULTES COMME TOI !

CHAPITRE 5 : Une promesse devant la pâtisserie

CHEVEUX BLANCS ÉBOURIF-FÉS...
VISAGE MARQUÉ PAR LES RIDES...
LÈVRES D'UNE PÂLEUR MALADIVE ...
JOUES CREU-SÉES...
ET DES YEUX QUI ONT PERDU LEUR ÉCLAT DEPUIS LONGTEMPS...
EN PLUS D'ÊTRE ENTRÉ PAR EFFRACTION DANS MON ÉTA-BLISSEMENT, TU ES UN AFFREUX FOSSILE... ET ÇA, JE NE PEUX PAS LE TOLÉRER !
J'EN COMPTE DEUX, DE FOSSILES : TOI ET MOI ...
TU FAIS ERREUR, MON CORPS EST À L'IMAGE DE LA JEUNESSE ULTIME !

TU CROIS SINCÈREMENT QU'UN SIMPLE VIEILLARD...
POURRAIT ASSUMER LA FONCTION DE DIRECTEUR DE L'ACADÉMIE ?
DANS CE CAS, DIS-MOI...
CE QUE TU AS MANGÉ AU DÎNER AVANT-HIER !

SI TU NE RÉUSSIS PAS À ME RÉPONDRE EN MOINS DE CINQ SECONDES, CE SERA LA PREUVE QUE TA CURE DE JOUVENCE N'A AUCUN EFFET SUR LE VIEILLISSEMENT DE TON CERVEAU !
CINQ...
QUATRE...
...
A... AVANT-HIER ?!
TROIS...
ARGH...
AT-TENDS...
DEUX...
UN...
DU POISSON À LA SAUCE SOJA... NON... C'ÉTAIT HIER, ÇA, HEIN ?
EUH...

ZÉRO...
FIN DU TEMPS IMPARTI !
...
AH !
VSHHH
C'ÉTAIT DU TOFU BOUILLI !

C'ÉTAIT VRAIMENT UN PLAT DE VIEUX !
ACCROCHEZ-VOUUUS !
FUIT
ガッ
どちん!
PLAF

IL A FRAPPÉ LÀ OÙ ÇA FAIT MAL, LE BOUGRE...
JE N'EN ATTENDAIS PAS MOINS...
D'UN VIEUX ROUBLARD COMME LE PÈRE NOËL ...
TU ES TROP LOURD ! POURQUOI EST-CE QU'ON DOIT TE TIRER POUR QUE TU AVANCES ?!
JE NE PEUX PAS COURIR AVEC DES SKIS AUX PIEDS ! C'EST PAS DE MA FAUTE !
IL NE VA PAS NOUS SUIVRE JUSQUE SUR LE TOIT DU DORTOIR, HEIN ?
ON A EU CHAUD ...
PLOF
ガシッ

BAM
FUYUMURA !
AAH ...
AAH ...
TU AS TENTÉ DE NOUS INTIMIDER, SANDA ET MOI...
TU NOUS AS ASSOMMÉS, LIGOTÉS ET MENA-CÉS... JE NE SAIS PAS CE QUI T'EST PASSÉ PAR LA TÊTE, SI C'ÉTAIT UNE BLAGUE OU QUOI, MAIS...

MAINTENANT QUE TU CONNAIS LA VÉRITABLE IDEN-TITÉ DU PÈRE NOËL, JE VAIS DEVOIR TE BUTER !
TU AURAIS PU CHOISIR DE TE TAIRE, MAIS TU NE L'AS PAS FAIT... TU N'AS QUE CE QUE TU MÉRITES !
FUYUMURA, CALME-TOI !
JE NE VOULAIS PAS NON PLUS...
QUE ÇA SE FINISSE COMME ÇA !
MAIS J'AI UNE MISSION ...

...
?
AMAYA... EN TANT QUE CAMARADE DE CHAMBRE, PERMETS-MOI DE TE DIRE QUE ...
CE REGARD LANGOUREUX QUE TU UTILISES PARFOIS POUR APITOYER LES GENS SUR TON SORT N'A AUCUNE CHANCE DE FONCTIONNER SUR FUYUMURA...

TA TÊTE M'ÉNERVE !
FUIT
ATTENDS, ATTENDS ! JE TE JURE QUE C'EST VRAI !!
JE VEUX QUE SANDA...
RE-PRENNE SON ACTIVITÉ DE PÈRE NOËL !!

MA FAMILLE TIENT UNE PÂTISSERIE DEPUIS DES GÉNÉRATIONS, MAIS LES TEMPS SONT DURS EN CE MOMENT...
PAS ÉTONNANT, VU QU'IL Y A DE MOINS EN MOINS D'ENFANTS ET QUE LE PAYS EST DE PLUS EN PLUS PAUVRE ...
N'EST-CE PAS ?
...
AVANT DE DEVENIR L'ACADÉMIE DAIKOKU AIGO, CE BÂTIMENT ÉTAIT UN GRAND MAGASIN...
ON NE COMPTE PLUS LES COMMERCES PROSPÈRES À UNE ÉPOQUE QUI TOMBENT EN RUINE AUJOURD'HUI.
ÉDUCATION ZÉRO

MAIS SI LES GENS APPRENNENT QUE SANTA CLAUS EXISTE...
ET QUE LA LÉGENDE EST VRAIE, ALORS LA FÊTE DE NOËL VA DE NOUVEAU S'ENRACINER DANS LE PAYS !
LA BOUTIQUE DE MES PARENTS SE PORTERA MIEUX... LES CLIENTS NOUS ACHÈTERONT PLEIN DE GÂTEAUX...
ET LE MOIS DE DÉCEMBRE REDEVIENDRA LA PÉRIODE LA PLUS CHARGÉE DE L'ANNÉE !
C'EST BIZARRE ...
À CETTE ÉPOQUE OÙ PLUS PERSONNE NE CROIT AU PÈRE NOËL...
LE FOI QUE CES DEUX ENFANTS PLACENT EN MOI...

SUFFIT À ME DONNER...
UN SENTIMENT D'EXTRÊME PUISSANCE ...
TON RAISONNEMENT EST CELUI D'UN ENFANT, ET SURTOUT RIEN NE ME GARANTIT QUE TON HISTOIRE EST VRAIE...
JE NE PEUX PAS TE FAIRE CONFIANCE !
TU DEVRAIS AU MOINS M'ACCORDER UN PEU PLUS DE CRÉDIT QU'AUX ADULTES ...
TU AS VU LE DIRECTEUR, TOI AUSSI... ON VIENT DE S'ENFUIR ENSEMBLE !

シュルルルル…
FSHHH
LES ENFANTS DEVIENNENT DES ADULTES UN JOUR… JE NE FAIS CONFIANCE NI AUX UNS NI AUX AUTRES !
DANS CE PAYS, TOUT LE MONDE FINIT TÔT OU TARD PAR RESSEMBLER À UN VIEUX MACHIN BIZARRE COMME LE DIRECTEUR ! C'EST POUR ÇA QUE JE NE CROIS EN PERSONNE !
FUYU-MURA !
AMAYA DIT LA VÉRITÉ…

JE PEUX...
LE VOIR...
C'EST UN AUTRE DE TES POUVOIRS ?

QUAND ON EST VIEUX, ON A UNE MEIL-LEURE VUE DE LOIN QUE DE PRÈS...
Pâtisserie Amaya
VOUS VOYEZ L'ENSEIGNE EN FACE ?

C'EST ÉCRIT "TAPISSERIE AMAYA" ...
"PÂTISSERIE", TU VEUX DIRE !
TU PARLES D'UN SUPER-POUVOIR... T'ES JUSTE PRESBYTE, NON ?
C'EST L'ENSEIGNE LÀ-BAS ?
JE NE TIENDRAIS PAS LE COUP SI JE FAISAIS EN PERMANENCE APPEL À MES CAPACITÉS SURHUMAINES...
MAIS JE CONSIDÈRE QUAND MÊME MA VUE COMME UN POUVOIR À PART ENTIÈRE !
VIEILLIR, CE N'EST PAS SEULEMENT FAIBLIR, FUYUMURA... JE TE LE GARANTIS.
SANDA... FRANCHEMENT, MERCI !
ATTENDS ! JE DOIS VÉRIFIER QUELQUE CHOSE !
FUYUMURA, TU AS DES MINI DRAGI ?

PFIOU... PARFAIT !
TOUT CE QUI S'EST PASSÉ AUJOURD'HUI DOIT RESTER SECRET...
JE NE VEUX PAS QUE MON IDENTITÉ SOIT RÉVÉLÉE À QUI QUE CE SOIT D'AUTRE !
À PARTIR DE MAINTE-NANT, LE DIRECTEUR VA NOUS AVOIR À L'ŒIL...
MAIS TANT QUE VOUS TIEN-DREZ VOTRE LANGUE...
JE FERAI EN SORTE QU'IL NE VOUS ARRIVE RIEN !

JE PROMETS DE GARDER LE SILENCE !
TOI AUSSI, FUYUMURA ! DONNE-MOI TA MAIN…
…
OK, C'EST PROMIS !

FUYUMURA SOUHAITE QUE JE L'AIDE À RETROUVER UNE CAMARADE DE CLASSE...
TANDIS QU'AMAYA VEUT QUE LE PÈRE NOËL REPRENNE DU SERVICE POUR AIDER SA FAMILLE...
TANT QUE CES DEUX-LÀ COMPTENT SUR MOI, MON SECRET NE RISQUE PAS DE S'ÉBRUITER...
MAIS QUAND J'Y PENSE...
COMMENT EST-CE QUE FUYUMURA A PU M'IDENTIFIER ?
ET POURQUOI ELLE TIENT ENCORE PLUS QUE MOI À GARDER CETTE INFO SECRÈTE ?

UN GRAND GAILLARD AVEC UNE BARBE BLANCHE, DES SKIS AUX PIEDS ET DES YEUX DE LYNX... ÇA NE FAIT AUCUN DOUTE...
...
C'EST BIEN L'HOMME QUE VOTRE ÉQUIPE CHERCHE DÉSES-PÉRÉMENT... LE PÈRE NOËL EN PERSONNE !
OUI...
ÇA NE FAIT AUCUN DOUTE... IL A GRAVÉ LA PREMIÈRE LETTRE DE SON NOM EN GRAND SUR LE SOL AVANT DE PARTIR...
UN "S" POUR SANTA !

L'HEURE EST VENUE POUR L'UNITÉ SPÉCIALE DES CHEMISES ROUGES DE PASSER À L'ACTION...
CAPITAINE FUYUMURA !

TU AS UN FIL DANS LES CHEVEUX, IZAWA !
AH...
QU'EST-CE QUI M'A PRIS DE TOUCHER LES CHEVEUX D'UNE FILLE ?!
PARDON ! JE SUIS DÉSOLÉ !
NON, C'EST RIEN...

CHAPITRE 6 : Chutes en pagaille
MERCI, C'EST GENTIL !
ガシャ
CLAC

ÇA RECOMMENCE...
CES DERNIERS TEMPS, AUTOUR DE MOI...
POF
ポフンッ
TAC
バコッ
LAIT
Milk
500ml
CLING
ちゃり
CLING
ちゃり
CLING
ちゃりりん!!
LES CHOSES ...
TOMBENT SOUVENT ?

VOUS ÊTES SÛRS DE VOULOIR CAUSER DANS LE COULOIR ?
IL Y A DU BRUIT PENDANT LES PAUSES, ÇA IRA SI ON PARLE À VOIX BASSE...
PUISQUE JE VOUS DIS QUE C'EST UN POUVOIR DU PÈRE NOËL !
AH OUAIS, VRAIMENT ? TU NE SERAIS PAS UN PEU SUR LES NERFS, SANDA ?
SALUT, ABE, ÇA FAISAIT UN BAIL ! ÇA VA ?
HMPF...
DÉSOLÉ, MAIS...
JE SAIS CE QUE JE RESSENS... JE VOUS GARANTIS QUE LES POUVOIRS DU PÈRE NOËL GRANDISSENT EN MOI DE JOUR EN JOUR...
LA CONFIANCE DE DEUX ENFANTS SUFFIT !

OK, MAIS EN QUOI FAIRE TOMBER DES OBJETS POURRAIT SERVIR AU PÈRE NOËL ?
BONNE QUESTION ...
...
DIS DONC, AMAYA...
LÀ, COMME ÇA, J'AI L'IMPRESSION QU'ON MESURE À PEU PRÈS LA MÊME TAILLE, TOUS LES DEUX...
JE FAIS 1 M 61 ! ET TOI ?
1 M 70 !

CRAC
AH... SI ÇA SE TROUVE, TU RÉAGIS AUX MENSONGES...
EN FAIT, JE NE MESURE QUE 1 M 68 !
1 M 82 POUR MOI !
EH !
ESSAIE D'ÊTRE PLUS PRÉCIS, LA PROCHAINE FOIS ! JE N'AI PAS TRICHÉ, MOI !
FILE-MOI DEUX CENTIMÈTRES, FUYUMURA !
MAIS... QU'EST-CE QUE ÇA VOUDRAIT DIRE ?
POURQUOI LE PÈRE NOËL AURAIT UN PROBLÈME AVEC LES MENSONGES ?
MA FAMILLE A EFFECTUÉ DE NOMBREUSES RECHERCHES SUR CETTE FÊTE...

ET IL S'AVÈRE QUE LE PÈRE NOËL NE DONNE PAS DE CADEAUX AUX MÉCHANTS ENFANTS !
N.B. : RECONSTITUTION.
IL DOIT DONC AVOIR UN MOYEN DE LES IDEN-TIFIER...
ADMETTONS QU'UN OBJET TOMBE QUAND IL ENTRE DANS LA CHAMBRE D'UN ENFANT QUI N'A PAS ÉTÉ SAGE...
PLOC

?!
CRAC
L'ENFANT SE RÉVEILLE, ET COMME LE PÈRE NOËL NE DOIT SURTOUT PAS ÊTRE VU ...
IL FILE SANS DEMANDER SON RESTE...
SANDA, TU ES SON DESCENDANT DIRECT, NON ? LA DÉFINITION DU VILAIN GARNEMENT A PU ÉVOLUER AU FIL DU TEMPS POUR DEVENIR CELLE D'UN SIMPLE MENTEUR...
APRÈS TOUT, LE MENSONGE EST LE SYMBOLE DE LA MÉCHANCETÉ DES GENS !
ALORS, QU'EST-CE QUE VOUS PENSEZ DE MON RAISONNEMENT ?
C'EST GÉNIAL, SANDA !
AVEC UN POUVOIR PAREIL, TU...
HMM...

PRO-POSITION REJETÉE !
HEIN ? MAIS POUR-QUOI ?!
MERCI, C'EST GENTIL !
PARCE QUE CE SERAIT ACCEPTER QUE LES MOTS D'IZAWA TOUT À L'HEURE...
PUISSENT EN RÉALITÉ CACHER...
IL A OSÉ ME TOUCHER LA TÊTE SOUS PRÉTEXTE QUE J'AVAIS SOI-DISANT UN FIL DANS LES CHEVEUX... JE SUIS SÛRE QU'IL MENTAIT !
Miku Izawa
La fille la plus belle de la classe
UN PROFOND DÉGOÛT DE MA PER-SONNE !
100 % MODE COLLÉGIEN !

ET CE N'EST PAS PARCE QUE JE SUIS LE PÈRE NOËL QUE L'OPINION DES FILLES NE COMPTE PLUS POUR MOI ! JE N'AI PAS ENVIE DE SAVOIR QUI ME MENT !
BALANCE-LUI UN PETIT MENSONGE, POUR VOIR ...
EUH... TU ME PRENDS AU DÉPOURVU, LÀ... EUH...
AAAH ! NON, ARRÊTEZ !
OUBLIEZ CETTE HISTOIRE ! JE ME FAIS SÛREMENT DES IDÉES !
HEIN ? POURQUOI ?
ARRÊTE, SANDA, C'EST UNE CHANCE INESPÉRÉE ! ON VA POUVOIR DÉCOUVRIR QUI A DES INFOS SUR ONO !
どんっ
POF

FUYUMURA, AMAYA, BONJOUR...
J'ÉTAIS JUSTEMENT EN TRAIN DE VOUS CHERCHER...
BLA ザワ
LE DIRECTEUR ?
BLA ザワ
QU'EST-CE QU'IL FAIT ICI ?
BLA ザワ

TU DOIS ÊTRE SANDA...
SA BLESSURE A DISPARU...
TU PERMETS QUE JE T'EMPRUNTE TES DEUX AMIS ?
J'AIMERAIS M'ENTRETENIR PERSONNELLEMENT AVEC FUYUMURA...
...
?
SANDA...
IL Y A UNE CHOSE QUE JE N'AI JAMAIS OSÉ TE DIRE...
HEIN ?
QU... QUOI ?

JE T'AIME...
DEPUIS LE PREMIER JOUR OÙ JE T'AI VU...

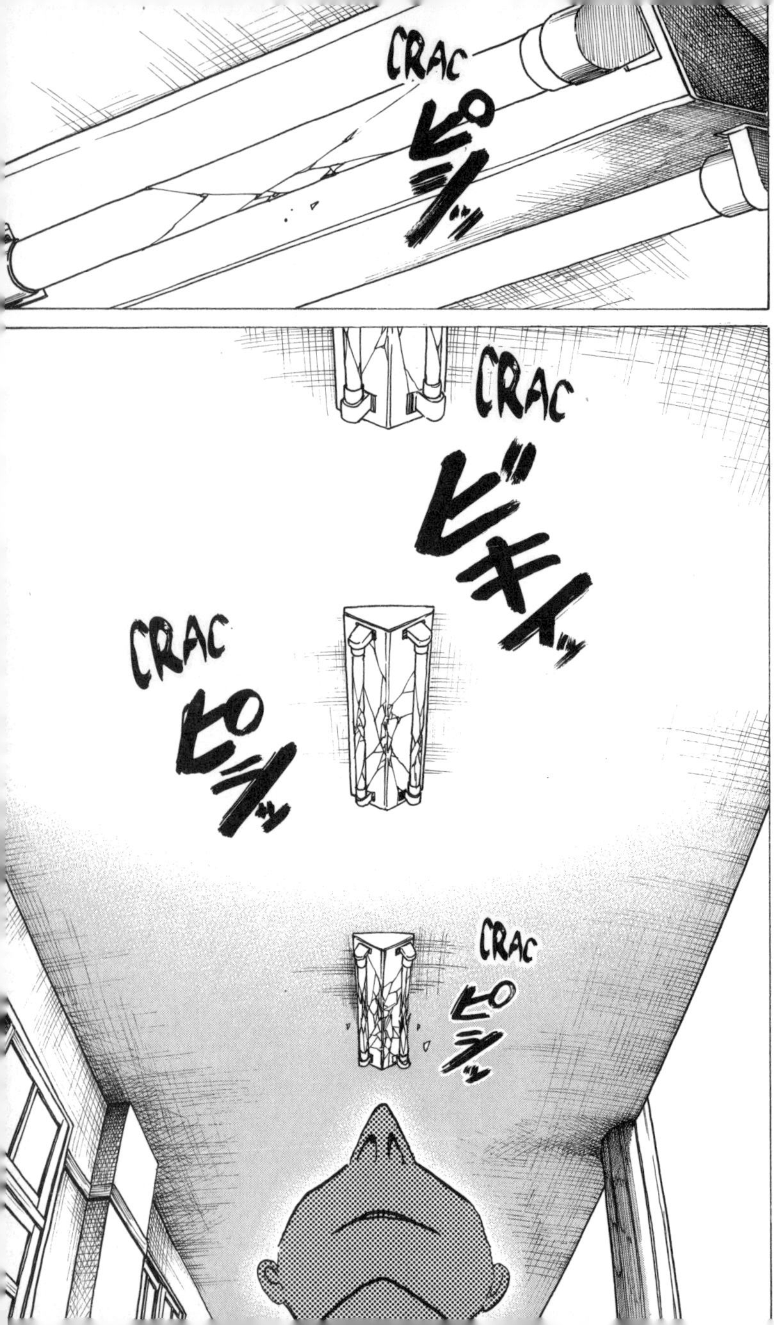
CRAC
ピシッ
CRAC
ビキイッ
CRAC
ピシッ
CRAC
ピシッ

CRAC

ON SE TIRE !
FUIT
ON VA POUVOIR DÉCOUVRIR OÙ EST PASSÉE ONO !
IL N'Y A PLUS AUCUN DOUTE ! TON NOUVEAU POUVOIR PERMET DE DÉTECTER LES MENSONGES !
LE TIEN ÉTAIT ASSEZ GROS POUR DÉCROCHER LES NÉONS !
J'AI VRAIMENT LA POISSE...
ORGANISONS TOUT DE SUITE UNE RÉUNION DES ÉLÈVES POUR TESTER TON POUVOIR !
ON A UNE CHANCE DE LA RETROUVER !

EUH, ALORS ...
ONO A DISPARU DEPUIS MAINTENANT UN MOIS ET UNE SEMAINE...
ON AIMERAIT DONC FAIRE UN BILAN...
Réunion extraordinaire
EST-CE QUE QUELQU'UN A LE MOINDRE INDICE, LA MOINDRE INFORMATION, CONCERNANT CETTE DISPARITION ? SI OUI, MERCI DE LEVER LA MAIN...
C'EST PAS UN PEU TARD ?
ILS VONT SE METTRE À SOUPÇONNER LES ÉLÈVES, MAINTENANT ?
JE COMPRENDS LEUR RÉACTION, MAIS...
ONO ÉTAIT UN PEU SPÉCIALE, IL N'Y A PAS GRAND MONDE QUI LA CONNAISSAIT VRAIMENT !
CE N'EST PAS LA QUESTION...

BLA
ザワ
J'AI TOUJOURS PENSÉ QU'ELLE AURAIT ÉTÉ PLUS MIGNONNE SANS SES LUNETTES...
BLA
ザワ
C'EST VRAI... MOI NON PLUS, JE NE SAIS PAS GRAND-CHOSE D'ELLE...
BLA
ザワ
...
C'EST PAS LE SUJET !
C'ÉTAIT FUYU, SA MEILLEURE AMIE, NON ?
ELLE METTAIT RAREMENT LE NEZ DEHORS...
ET SI ON LA CHERCHAIT TOUS ENSEMBLE ?
NON, ÇA FAIT TROP PEUR !
ELLE ÉTAIT BIZARRE, QUAND MÊME...
J'AI ENVIE DE PISSER...
JE CROYAIS QU'ELLE ÉTAIT MORTE ? C'EST CE QUE DISENT LES PROFS, EN TOUT CAS...
IL PARAÎT QU'ON N'A PAS RETROUVÉ DE CORPS...
ONO EST MORTE !
JE L'AIMAIS BIEN, MOI !
POF

ONO EST MORTE !
Association de défense des enfants
FLAP
バサッ

CHAPITRE 7 : Béton et neige fondue

LES LIVRES SONT TOMBÉS ...
ALLEZ, UN PEU DE COURAGE...
QUI VIENT DE DIRE...
QUI A DIT ÇA ?

QU'ONO ÉTAIT MORTE ?!
バタ
PLAF
?!
SANDA ?!
IL S'EST ÉVANOUI !
SANDA !
IL A LES YEUX RÉVULSÉS !

AAAH... ILS S'INQUIÈTENT TOUS POUR MOI...
EST-CE QUE VOUS ÊTES VRAIMENT SINCÈRES ? VOUS SAVEZ QUE JE SUIS UN DESCENDANT DIRECT DU PÈRE NOËL ? SI VOUS ME MENTEZ, JE LE SAURAI PARCE QUE DES OBJETS TOMBERONT... UN LIVRE, UN VASE, UN NÉON... TOUT ME RENVOIE AUX MENSONGES !
JE PEUX DISCERNER LE VRAI DU FAUX !

BON SANG, CE POUVOIR !!
IL EST TROP VIOLENT !!
MON PAUVRE, LE STRESS T'A FAIT PERDRE CONNAISSANCE... ÇA VA ALLER ?
ARRÊTE D'ÊTRE AUSSI ATTENTIONNÉ !
DE TOUTE FAÇON, TU MENS COMME LES AUTRES !

EST-CE QUE VOUS AVEZ SEULEMENT IDÉE DE CE QUE JE RESSENS, À GUETTER AU MOINDRE MOT GENTIL SI UN OBJET NE TOMBE PAS ?!
ARRÊTE DE PARLER COMME UN GOSSE DE 14 ANS ULTRA-SENSIBLE...
TSS...
MAIS C'EST CE QUE JE SUIS !!
MON CŒUR SE BRISE UN PEU PLUS À CHACUN DE CES "PLAF" ET DE CES "CRAC"...
JE NE TIENDRAI JAMAIS LE COUP... JE VEUX RETROUVER MA VIE PAISIBLE DE COLLÉGIEN BANAL !
IL PARAÎT QUE LES HUMAINS MENTENT PRÈS DE 200 FOIS PAR JOUR...
JE VAIS TE MONTRER À QUEL POINT LES MENSONGES QUI T'EFFRAIENT SONT INSIGNIFIANTS...
...
TAC
ガチャンガチャン
TAC
TAC
ガタッ

TAC ガチャ…
"ONO...
EST MORTE"...

JE ME FICHE DE CE QUI A PU ARRIVER À ONO...
UNE FILLE PORTÉE DISPARUE DEPUIS PLUS D'UN MOIS...

NE PEUT QU'ÊTRE MORTE À L'HEURE QU'IL EST !
CLING
ガチャーンッ
CRAC
ペキッ
MÊME SI ELLE A ÉTÉ KIDNAPPÉE, ON N'A AUCUN MOYEN DE L'AIDER... ALORS OUBLIONS-LA !

ET MÊME SI LE COUPABLE EST PARMI NOUS...
ÇA N'A PLUS RIEN À VOIR AVEC MOI !
CRAC

IL FAUT L'OUBLIER...
ET PASSER À AUTRE CHOSE !
OUAH, TES MAINS SONT FROIDES, FUYUMURA !
FAIS GAFFE, SI TU DIS QUE J'AI LE CŒUR CHAUD POUR COMPENSER, JE M'ÉNERVE...
CRAC
JE T'AIME, TU SAIS...

ONO EST MORTE !
C'EST TOUT CE QU'IL Y A À SAVOIR !
EFFAÇONS-LA DE NOS MÉMOIRES !
CRAC
CRAC
CRAC
ARRÊTE !!

SANDA...
JE TE LE PROMETS...
JE NE TE MENTIRAIS PAS SI JE N'ÉTAIS PAS PRÊTE À ENDURER ÇA !

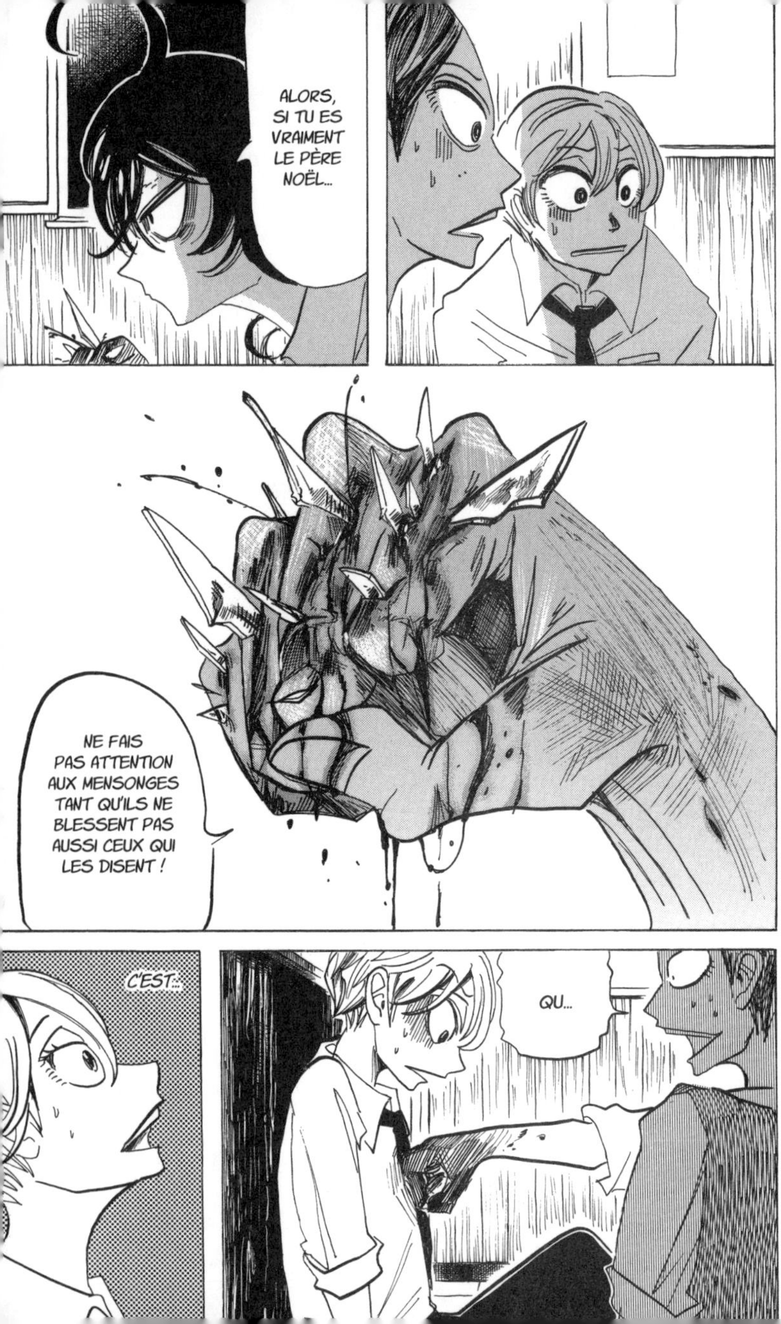
ALORS, SI TU ES VRAIMENT LE PÈRE NOËL...
NE FAIS PAS ATTENTION AUX MENSONGES TANT QU'ILS NE BLESSENT PAS AUSSI CEUX QUI LES DISENT !
QU...
C'EST...

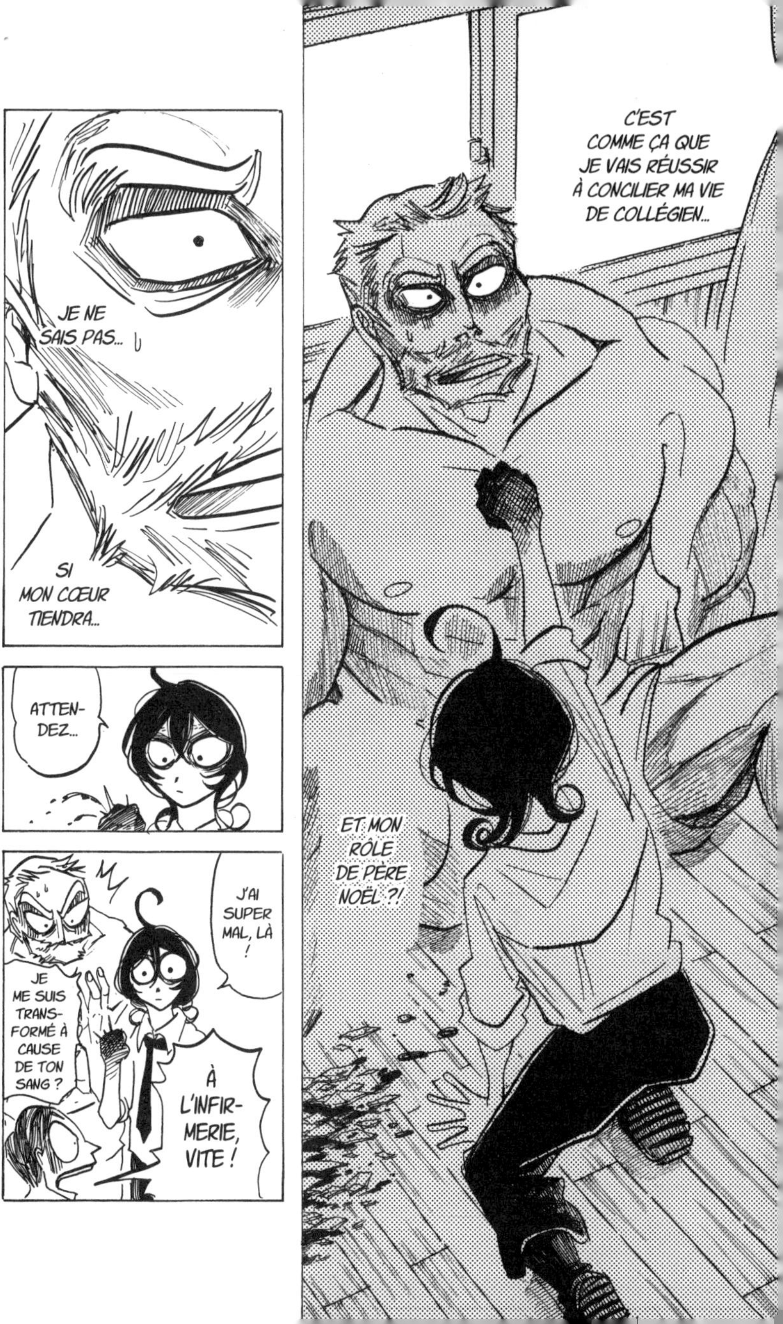

C'EST COMME ÇA QUE JE VAIS RÉUSSIR À CONCILIER MA VIE DE COLLÉGIEN...
ET MON RÔLE DE PÈRE NOËL ?!
JE NE SAIS PAS...
SI MON CŒUR TIENDRA...
ATTEN-DEZ...
J'AI SUPER MAL, LÀ !
JE ME SUIS TRANS-FORMÉ À CAUSE DE TON SANG ?
À L'INFIR-MERIE, VITE !

s causé par le tabac et l'alcool
COVID -78
QUATRE HEURES POUR UN PANSE-MENT...
L'INFIRMIÈRE SUAIT À GROSSES GOUTTES !
IL VA FALLOIR TE CALMER UN PEU...
IL FAIT DÉJÀ NUIT... ON DEVRAIT NETTOYER LES BRIS DE VERRE AVANT DE RENTRER AU DOR-TOIR !
FUYUMURA... TU CROIS VRAIMENT QUE QUEL-QU'UN DE LA CLASSE EST IMPLIQUÉ DANS LA DISPARITION D'ONO ?
DISONS QU'AU-JOUR-D'HUI...
J'AI ACQUIS LA CERTITUDE QU'UNE PERSONNE AU MOINS PENSE QU'ELLE EST VIVANTE...
JE COMPTE SUR VOUS POUR CONTI-NUER À M'AIDER DANS MES RE-CHERCHES !
SI ON LA RETROUVE, ON FERA UNE GRANDE FÊTE !

À suivre...

Première publication en 2021, dans les numéros 34 à 41
du magazine *Weekly Shonen Champion*.

PRÉSENTATION DES PERSONNAGES

Kazushige Sanda (14 ans) AB ♂

En Sanda : 1,61 m 46 kg

En père Noël : 2,40 - 2,60 m 200 - 240 kg

Surnom : Kacchan

Compétence : jouer les ingénus pour obtenir ce qu'il veut, mais ça ne lui est plus d'aucune utilité depuis qu'il se transforme en père Noël.

pantalon par-dessus les bottes

CE QU'ON SAIT ACTUELLEMENT DE SES POUVOIRS :

- IL SE TRANSFORME EN PÈRE NOËL QUAND IL PORTE DU ROUGE ;
- IL RETROUVE SON APPARENCE INITIALE EN MANGEANT UN MINI DRAGI ;
- IL RÉSISTE AU FEU ;
- IL PEUT FAIRE POUSSER DES SKIS SOUS SES PIEDS ;
- DES CHOSES TOMBENT QUAND UN ENFANT LUI MENT.

Hitoshi Amaya (14 ans) O ♂

1,68 m 50 kg

Surnom : prince Amaya

Compétences : faire des gâteaux, sourire avantageusement

pantalon roulé au-dessus des bottes

Shiori Fuyumura (14 ans) O ♀

1,82 m 51 kg

Surnom : Fuyu

Compétence : Fabriquer des bombes

pantalon rentré dans les bottes

La passionnante visite d'Amaya

LE BÂTIMENT QUE SANDA A EN PARTIE DÉTRUIT SERA-T-IL RÉPARÉ À TEMPS ?
JE VOUS JURE...
VOILÀ CE QUE ÇA DONNE VU D'EN HAUT !
DORTOIR
PRÉAU
VIDE
VIDE
BÂTIMENT SCOLAIRE
RÉSERVE
GYMNASE
COUR
Lieu de l'action dans le prochain tome !

Présentation de la 4e 3, classe de Sanda
(Cette liste me sert réellement de référence.)
(Chaque ligne correspond à une chambre !)
JE SUIS RASSURÉ QU'AUCUN AUTRE ÉLÈVE NE REVENDIQUE MON RÔLE DE PRINCE DE LA CLASSE...

"Sanda" en quatre cases

First published in Japan in 2021 by Akita Publishing Co., Ltd., Tokyo
French translation rights arranged with Akita Publishing Co., Ltd.
through Tuttle-Mori Agency, Inc., Tokyo

Édition française

Traduction :
Djamel Rabahi

Adaptation graphique :
Studio Charon

ISBN : 979-10-327-2031-8
Dépôt légal : janvier 2025
Achevé d'imprimer en Italie par L.E.G.O.